Isabelle Desesquelles est l'auteure de *Je voudrais que la nuit me prenne* (Prix Femina des lycéens, 2018) et de *UnPur* (2019), tous deux chez Belfond. Elle a publié une dizaine de romans dont *Je me souviens de tout* (Julliard, 2004) et *La mer l'emportera* (Flammarion, 2007). Elle a également écrit deux récits : *Fahrenheit 2010* (Stock, 2010) et *Les Âmes et les enfants d'abord* (Belfond, 2016), et a fondé une résidence d'écrivains, la maison De Pure Fiction.
Son dernier roman, *S'abandonner*, paraît en 2021 chez Pocket.

S'ABANDONNER

DU MÊME AUTEUR
CHEZ POCKET

LES HOMMES MEURENT, LES FEMMES VIEILLISSENT

JE VOUDRAIS QUE LA NUIT ME PRENNE

S'ABANDONNER

ISABELLE DESESQUELLES

S'ABANDONNER

POCKET

MIXTE
Papier issu de sources responsables
FSC® C003309

L'éditeur de cet ouvrage s'engage dans une démarche de certification FSC® qui contribue à la préservation des forêts pour les générations futures.

Pour en savoir plus :
www.editis.com/engagement-rse/

ISBN : 978-2-266-31090-1
Dépôt légal : mars 2021

LA ROSE DE JÉRICHO

L'Afrique lui a manqué, son Afrique de petite fille. Quinze ans après, Claire y revient. Le Sahara, où tout a commencé. À Akaraba.

Dans l'avion, la pensée de ses retrouvailles avec une immensité, un silence, passe devant la détresse. En catimini, une torpeur pourrait bien s'installer, et la bercer. Derrière le hublot, le lot de petits cratères de sable, leurs boursouflures craquelées et la roche abrasée semblent être une plaie mal cicatrisée. Un terrain hostile pour ne pas dire miné par un extrémisme que les tour-opérateurs s'évertuent à exploiter en le contournant vaille que vaille. Algérie, Burkina Faso, Libye, Mali, Niger et le Tchad, un million et demi de Touaregs, migrateurs sans frontières que l'on voudrait hors de portée d'un fanatisme, sa gangrène. Après le porphyre et la lave des massifs escarpés du Hoggar, l'avion survole une mer de sable sur laquelle il ne tardera pas à atterrir à la porte du Tassili des Ajjers.

Le débarquement est laborieux, l'escalier extérieur arrimé à grand-peine par deux hommes à l'accoutrement dissemblable, l'un dans un austère costume de mauvaise facture, l'autre portant un boubou fatigué autrefois blanc. L'odeur qui s'engouffre dans l'avion ramène Claire à son enfance, le remugle de sueur et de diesel incrustés jusque dans l'air était là, tapi, et déboule. Un certain bonheur et aussitôt elle pense, incertain.

La salle des arrivées se résume à une corde et la limite qu'elle instaure avec les Blancs autrement dits les toubabs, et les autres. Les premiers souvent parlent fort, trop fort, impérieux, naturellement souverains. Fin prêts à rogner de pauvres restes, un passif colonialiste ayant du mal à passer, un capitalisme en déroute associé à une globalisation triomphante.

— Chèche kebab ?

Une touriste, large décolleté, lourde surcharge pondérale mégote sur la couleur d'un tagoulmoust, longue étoffe pouvant atteindre ses huit mètres de long, les hommes bleus en protègent leur visage du soleil, du vent, du sable.

À la sortie de l'aéroport de Djanet une cinquantaine de guides attendent leurs futurs employeurs à la petite semaine. Boubou bleu oblige, prêts à encaisser paternalisme, blagues racistes et quelques euros, sans compter les selfies. Claire a honte de descendre du même avion, pourtant elle aussi, profite du vol charter plein d'une transhumance. Heureusement elle a pu s'offrir les services d'un guide uniquement pour elle. Seule dans le désert avec cet homme qui tient dans ses mains un *Claire* écrit au feutre du même bleu que le tagoulmoust teinté d'indigo dont il a enrubanné sa tête. *Claire* et c'est tout.

Faites comme chez vous mais n'oubliez pas que vous êtes chez nous. Il se le formule à chaque cargaison de toubabs mais cette fois Aït regarde la jeune femme avancer vers lui et se surprend à penser, *Fais comme chez toi car ici c'est nous*. Elle a sur les joues une rousseur en éventail et marche mains croisées dans son dos, sa peau doit avoir le goût du lait d'amande. Le sac est resté contre un mur, sans qu'elle ait un regard pour s'en inquiéter, elle n'est pas comme les autres à mettre des cadenas partout. On lui a déjà volé pas mal qui ne se vole pas, et ça il le devine à une hésitation qu'elle a dans les gestes, un sourire qui se serait perdu en chemin. Ses cheveux sont tressés en trois langues ondulantes, il y mettrait bien le nez, la sentir là, et plus bas, le nombril, un anneau de peau. Et peut-être, il retrouverait l'odeur d'Hélène.

— Tous ceux arrivés avec vous partiront demain dans la matinée. Ils manqueront la première aube de leur semaine dans le désert. Pas nous. On se mettra en route une fois la lune haute. Après un temps de repos. Des heures et des heures de marche nous attendent au cours des prochains jours, parfois aux heures les plus chaudes, il vous faudra toutes vos forces.

Aït ne se reconnaît pas, voilà qu'il vouvoie une touriste. Au moment de sa rencontre avec Hélène, il maîtrisait à peine le français, n'en connaissait que le tutoiement.

— Nos chameaux vont nous devancer, on les retrouve demain. Gardez un vêtement chaud, les nuits sont froides. Prenez un morceau de taguella, la galette ici est bien meilleure que le pain.

Claire aime écraser la pâte entre ses doigts pour en extraire l'odeur, avant de la coller à ses narines. Gamine, elle roulait la mie dans sa paume en une boule, avant que son père ne l'oblige à la manger grise d'avoir été malaxée.

Les pensées de Claire la ramènent dans un tout autre lointain où elle s'est entraînée à être transparente, insignifiante, à ne pas s'exposer, et surtout à son père ou son mari, Benoît. La passivité de son épouse l'exaspère, et plus encore une dignité au-dessus qu'il n'arrive pas à entamer. Il pressent en Claire une incandescence qui lui reste inaccessible, l'orgasme qu'il est incapable de lui donner, il se l'octroie rageusement. Benoît aurait voulu posséder une eau-forte, pas une nature morte. Mariée non pas de force mais par faiblesse, Claire après un an de vie commune a vu dans le Sahara le moyen d'être tout à fait la femme invisible. L'insulte de trop et un bracelet d'hématomes l'ont convaincue de partir. Recommencer là dans le désert à Akaraba, et arrêter d'être pas grand-chose, d'être la fille de ses parents. Claire s'en veut de le penser mais quoi ? Difficile aussi d'être proche d'une mère qui laisse tout passer à sa brute de mari et n'aura rien appris d'autre à son enfant. Pourtant comme elle l'aime sa maman qu'elle aurait tant voulu protéger sans trop savoir de quoi. Le couple Montclar aura somme toute fait un sacré bout de chemin ensemble qui les unit, quand leur fille les désunit, Claire en a toujours été persuadée. Mais c'est là un sujet interdit. Elle était toute petite, sa mère après un câlin vorace avait commencé « … Akaraba, c'est là-bas que… il faut que tu saches… ton père… » mais le militaire avait fondu sur sa femme et aboyé comme il le faisait sur ses subordonnés et il n'en manquait pas. L'heure suivante un docteur administrait un somnifère à sa mère, et ses parents n'avaient plus partagé la même chambre.

Observant le mal qu'avait fait le mot Akaraba, elle avait préféré l'oublier. Jusqu'hier sa visite à sa mère et il avait ressurgi, poussant Claire à monter dans l'avion, l'agence de voyages lui avait trouvé un guide et elle était partie sans prévenir son mari. Il lui fallait aller où tout a commencé. Elle n'effacera pas les années, elle n'est pas une ardoise magique, mais ne sera plus un brouillon. Elle se le doit et à ce petit bout d'elle qu'elle n'a pas su mener à terme. Ce qu'on vient de lui retirer de son ventre n'avait pas de souffle mais elle lui avait déjà donné un sourire, des pieds à croquer et cette odeur qu'ont les bébés. Elle la voit comme ça la béance de son utérus. En sortant de la clinique après la fausse couche, Claire avait été directement dans la maison de repos où sa mère de plus en plus souvent, de plus en plus longtemps, somnole à volonté. Ne pouvant l'être mère, Claire avait eu besoin d'être la petite fille de sa maman et la femme alitée lui avait donné Akaraba, ce que cet endroit est pour elles, pour eux puisqu'il faut y ajouter son père. Claire y a été conçue. Elle n'a pu en obtenir davantage, sa mère a retenu la suite qui aurait dû sortir et Claire avait pensé *le contraire de moi qui n'ai pas su retenir mon bébé*.

L'heure suivante, le moteur de recherche avait localisé Akaraba dans le Sahara. La couverture d'un roman paru après sa naissance s'était également affichée sur l'écran. Une référence pour tout amoureux de ce coin du désert, les Ajjers. L'auteur d'*Akaraba*, Taleb y est présenté comme le très jeune amant d'une peintre célèbre. Sous le titre du livre le portrait au fusain d'un jeune homme, le visage sous un tagoulmoust. Juste un regard. Et même le livre ouvert il continue de vous fixer.

Son guide s'est arrêté sur le seuil d'une pièce nue, la pénombre et une natte au sol pour elle mais Claire veut profiter encore de la lumière, retrouver la petite fille jambes nues toute l'année faisant de l'Afrique son terrain de jeux, elle aspirait la sueur au-dessus de sa bouche, une bonne manière de boire à la coupe du soleil. Elle ne le lâchait pas des yeux engageant une joute perdue d'avance avec l'orgueil de s'en faire un ami. Elle pourrait bien y arriver. Elle n'a jamais porté de lunettes noires, elle aurait l'impression de tricher.

Devant la hutte, deux enfants jouent au ballon avec une boîte de conserve, sur leur front la poussière dessine une tiare safran, leurs genoux sont une écorchure et leurs pieds nus semblent insensibles au fer rouillé. Une stalactite de morve figée pend entre les narines et la bouche. Ils se savent observés, essaient des passes savantes, ils lui sourient et leurs dents sont un flash au milieu du visage. Ils ne sont pas des enfants auxquels on demande ce qu'ils voudront faire quand ils seront grands les estropiés de l'existence couronnés de mouches, et ils s'esclaffent à la scruter bien franchement. Elle se surprend à penser combien elle aimerait sentir sur elle ce même regard effronté venant de son guide, retrouver la vague de chaleur dont elle a été submergée tout à l'heure face à lui. Au cours de leurs sept jours ensemble, que sera-t-il pour elle cet homme du désert ?

Depuis la mort d'Hélène, Aït s'est tenu à distance des sentiments, en retrait de ce qui ne serait pas le souvenir d'une. Même Issabaten, la Maure, ne l'a pas fait dévier de son être tout occupé de l'absence de la femme aimée, sa force vive, leur audace, le plaisir était un tison et leur doux tyran. Il lui semble encore sentir le parfum des massifs de roses blanches chères à Hélène. Leurs effluves entraient jusque dans le lit, son amante en avait le rose aux joues. Il léchait, fendait, il prenait, s'offrait, « À volonté » réclamait-elle. Hélène ne se refusait aucun plaisir. Ce que lui réserve Claire, à lui de le découvrir. Il est temps pour eux de s'engager dans le désert.

Leurs premiers pas dans le sable. Et pour Claire la première des sept nuits qui compteront sans finir, même si elle ignore ce que sera son retour auprès de l'individu qui lui tient lieu de mari et d'un autre qui lui tient lieu de père.

L'empreinte des chameaux lui rappelle ce grand coquillage au nom d'église, le bénitier. Elle le recherchait à chacune de ses plongées sous-marines à Djibouti. Son doigt d'enfant approchait vaillamment des lèvres prêtes à se rétracter à peine elle les effleurait. Une caresse, qui remplaçait un peu la tendresse que ses parents ne lui ont pas donnée. Elle a grandi en suspension entre un vide, le ciel, et un vide, la mer, dans une Afrique en pointillés. Selon les affectations du colonel Montclar un pays poussait l'autre, une capitale se substituait à la précédente, la savane succédait à la brousse, il y avait les îles et il y avait eu le pays dogon, ses légendes, puis le tourbillon caché d'un grand fleuve, son courant sans qu'un barrage le retienne. Au gré des missions de son père, ils étaient retournés vivre au bord de la mer Rouge, sa corne d'abondance d'une flore et d'une faune sous-marine à profusion. Elle était sous l'eau mieux que partout ailleurs, à plonger en haute mer. L'école terminée, elle jetait son cartable sur un ponton, sautait dans un boutre à la coque colorée, et s'échappait sous la mer comme aujourd'hui dans le désert. Plonger c'était tirer sa révérence au monde, échapper à une gravité, où il n'y avait rien à réfléchir, à commencer par elle. Sur le toit du boutre, les petits verres de thé à la cardamome excessivement sucré étaient son déjeuner. En mer elle se détachait de tout ce qui l'entravait sur terre, elle n'était plus une maladroite, et au milieu des autres plongeurs, tous militaires, elle était moins la fille du colonel. Elle tenait à porter seule ses bouteilles, elle avait appris à se lester et à décompresser, à toucher le fond et d'une poussée on remonte en suivant sa bulle.

En partant au début de la nuit ils ont évité l'embouteillage des méharées. Aït a d'abord pu sourire des apprentis aventuriers qu'il emmenait dans des treks mais à force, le tourisme organisé lui est devenu pénible. Il l'aura souvent répété « On ne s'offre pas le Sahara, c'est le désert qui nous possède ». Il évite désormais de faire le guide sauf à veiller sur un marcheur solitaire. Aux groupes, il préfère les rares caravanes acheminant les quelques denrées que possède son peuple. Le temps est révolu où les cités du désert offraient de somptueux comptoirs au commerce transsaharien. Plumes d'autruche, ivoire, ébène, fauves, charbon des Garamantes et inestimables pierres précieuses, l'or s'acheminaient vers l'Europe au gré déjà d'une balance des marchés mais également du balancement de dromadaires que l'on n'appelait pas encore des chameaux. Le Sahara occupe neuf millions de kilomètres carrés, quinze fois la France. D'aucuns trouvent Aït ombrageux quand une réserve est ce qu'il a trouvé à opposer à tous ces sacs à devises habillés en Quechua que déversent les charters en haute saison. Les autres guides redoutent son jugement, ils l'évitent tout en recherchant ses conseils. Aït a la rugosité de la cicatrice qui lui barre la nuque, rarement visible, elle est cachée sous son tagoulmoust. Lors des treks il s'épargne la curiosité, la compassion et les grimaces de ceux qu'il balade. Même au sein des Touaregs peu connaissent l'existence de la chair boursouflée et marquée, encore moins son histoire, elle n'est pas arrivée jusqu'à Djanet. De la même façon qu'elle lui cisaille le bas de la nuque depuis trente ans, elle aura coupé sa vie en deux. Aït ne parle jamais de l'accident qui a décidé du cours de son existence, en a brisé la ligne droite et une famille, dont le souvenir est devenu aussi sombre que la marque sur sa peau.

Claire sent ses muscles tout à la fois se tendre et se détendre, elle savoure leur toute première avancée dans le désert, savoir qu'il y aura des heures de marche tous les demains de la semaine. Elle ne veut pas penser à après. Elle suit la silhouette longiligne de son guide, s'applique à mettre exactement ses pas dans les siens comme elle le ferait d'une marelle sans limites. Elle ne tombera pas dans le panneau, qu'il n'a d'ailleurs pas l'air de vouloir lui tendre, que recherchent les donzelles de tout âge croyant s'offrir une semaine avec un homme bleu comme elles le feraient d'une soirée avec des Chippendales.

Pas une fois son guide ne se retourne.

Aït guette dans son dos le moindre mouvement de Claire, elle a des sauts de gazelle et de petite fille pour épouser ses longues enjambées à lui, comme si à le suivre elle prenait chaque fois son élan. La palmeraie n'est plus loin, quelques centaines de mètres, ils s'arrêteront avant, il veut leur épargner les arbres colonisés par les mouches, les tiques des chameaux et les ronflements dessous de dormeurs de toutes les couleurs.

Depuis la mort d'Hélène, il n'avait plus accordé autant d'attention à une femme. La nuit venue sa si belle lui tournait le dos pour mieux coller ses fesses à son ventre raide de désir, et il s'enfonçait entre deux globes fondants. Le drap s'écartait de lui-même, et selon la lumière le jeune homme qu'il était alors ajoutait la vue au toucher, ou profitait au contraire de l'obscurité pour mieux imaginer.

Son guide dort, le visage recouvert de ses deux bras, il a ramené les pans de sa gandoura jusque sous son menton et a déplié son chèche pour en faire un drap, Claire l'a observé du coin de l'œil après qu'il eut déroulé pour elle un tapis berbère où s'étendre, avec dessus un duvet. Elle est trop agitée pour céder au sommeil. Elle ose à peine regarder le ciel, tant de beauté, les émotions se bousculent en elle, des sensations inconnues. Le contraste thermique la nuit venue la surprend, elle ne s'attendait pas à avoir froid dans le désert, ni que le Sahara ne soit pas uniquement de sable. Ils ont marché entre des blocs de grès et le long d'un oued asséché et maintenant, le nez sous le duvet, elle laisse son haleine chaude être un petit chauffage sur son visage. Au cours de la semaine à venir, le tapis en laine drue aux motifs rouges et écrus de l'alphabet tifinagh déroulé par son guide pour leur premier bivouac sera à la fois sa chambre et une table. Peu avant l'aube, il fabrique un feu avec quelques brindilles posées à même le sol d'acacia mort qui s'enflamment comme un rien ; l'inflation des touristes amateurs de flambées identiques à celles se consumant dans leur cheminée rend d'autant précieux tout arbre bon à brûler, gage de survie dans le désert. Les termites fuient à qui mieux mieux le bois enflammé, Claire les voit grouiller dans la lueur orangée et se grouiller d'y échapper, les bestioles filent droit vers ses genoux repliés sous elle penchée sur le feu pour y chercher un peu de chaleur. Aït a jeté une pincée de thé vert dans son quart en fer-blanc rempli d'une eau bouillie et il lui tend un reste de pain. La confiture a un goût de fraises Tagada. Elle préfère les deglet nour, des dattes charnues qui font passer le thé épais à être tant sucré, et pourtant âcre. Elle apprendra que le noyau des dattes sucé longtemps coupe la soif et que ce qu'elle a pris dans la pénombre pour un fruit sec est en fait un scarabée tombé dans son quart. Elle découvre à l'aube ce que leur arrivée de nuit lui a caché, la courbe douce d'un cordon de dune et tout autour un vide qui fait du bien. Comme les fonds marins où elle respirait mieux, un vide plein de monts et de creux, de lignes et de brisées.

Elle se remémore les mots erg, reg, dhar, barkhane au dos de son livre *Akaraba* emporté dans son bagage pour le lire où ses parents l'ont conçue. La lumière si changeante est au paysage une pulsation, elle en modifie les contours. Les doigts de Claire se sont réchauffés, elle tient son quart plein d'un thé brûlant comme une offrande qu'elle se ferait. Le ciel réclame d'être contemplé. Une ribambelle de rouges et un horizon violet. À peine Aït s'éloigne-t-il, qu'elle cherche où vider sa vessie, le premier buisson est loin, s'accroupir ne suffirait pas ; il lui faut compter avec le dos tourné de son guide. Le soleil a déjà commencé d'écraser les courbes, d'accentuer les plis, elle observera combien la vie y abonde. Plus tard dans la journée les litres bus s'évaporeront sous la chaleur et la transpiration. Gare à la déshydratation, l'a alerté son guide, elle provoque des œdèmes, et des yeux pochés à faire pâlir les tortues. Elle devra aussi protéger ses lèvres des coups de soleil, ils les crevasseraient jusqu'au sang. « Le désert ne supporte aucune désinvolture et se montre hostile, dangereux à qui ne lui reconnaît son pouvoir. Pour s'en faire aimer, il faut s'en protéger. » Il le dit sans ciller mais avec un sourire gamin qu'il n'est plus. Évidemment Claire s'interroge sur la pureté de son français, elle ne va pas le questionner, et elle se tourne vers un autre homme bleu, sur la couverture de son livre. Elle aime son regard farouche offert à celle qui l'a peint, quelque chose qui les a uni ces deux-là, touche Claire. Peut-être parce que le jeune Touareg a su serrer son bonheur.

— La palmeraie est derrière cette dune, nos chameaux y sont déjà. Abreuvés et prêts à être chargés avec nos réserves d'eau pour les prochains jours. Pas certain que nous trouvions des gueltas pleines où remplir nos gourdes, il suffit d'une charogne dedans et on n'en boit pas une goutte.

Les palmiers s'enracinent jusqu'à dix mètres sous le sol et ils survivent en cas de sécheresse, mais les milliers de palmeraies disséminées sur tout le Sahara ne sont rien à côté de l'immensité désertique. Il n'y en aura pas d'autres sur leur chemin. Avant d'atteindre l'ogla, un puits peu profond d'une hauteur tout de même de six hommes, Claire et Aït ont traversé des déchets et des rires, croisé quelques chèvres et des enfants, pourvus l'un et l'autre de mouches par grappes autrement plus fournies que celles des dattes sur les arbres. Elle attend de voir Akaraba « Pour de vrai » s'est-elle retenue d'ajouter comme une petite fille qu'elle n'est plus. Cette femme, Aït l'a deviné, est déjà abîmée aussi jeune soit-elle, elle demande une précaution. Il voudrait avoir tout le temps avec elle, et pas seulement les six petits jours qu'il leur reste. Même en marchant dix heures par jour, ils n'apercevront que de loin le mont Quamar, le point culminant d'Akaraba. Il ne le lui dit pas. Ni qu'il y a grandi, y vit encore quand il n'a pas à gagner les dinars nécessaires. Il a vu le roman dans son sac, en a presque été déçu, comme tant d'autres elle est venue chercher le désert de son livre.

Son guide a chargé deux jeunes garçons de remplir les cinq guerbas dont ils auront besoin, il s'affaire autour de ce qu'elle devine être leur paquetage et leurs trois chameaux. « Le meilleur ami du Touareg, a-t-il précisé. Les cent litres d'eau que leur estomac peut contenir n'ont pas de prix. » Il lui a indiqué un endroit où s'asseoir, un peu en retrait du puits autour duquel la terre s'est transformée en boue. Claire observe femmes et enfants y avancer pieds nus pendant que les hommes restent à demi étendus par groupe de trois ou quatre. D'autres gamins sont perchés sur des ânes, leurs petites jambes s'agitent vigoureusement contre les flancs de l'animal, il s'agit de se faire obéir ! Les mères s'activent, penchées au-dessus du récipient qui recueillera l'eau, quand il réapparaît au bout de la corde tirée par l'âne, elles préviennent d'un cri. Le gosse doit arrêter la monture avant que l'eau trop bousculée ne se renverse. Les femmes ploient sous la charge, elles la déversent dans un boudin gigantesque en caoutchouc pouvant contenir plus de trente litres. La nonchalance des hommes est feinte, aucun geste de leur sœur, fille ou épouse, ne leur échappe. À elles le labeur, à eux la vigilance… Dans le sol creusé on a posé de grandes bassines, les femmes se mettent à deux pour y vider des boudins eux aussi en caoutchouc emplis jusqu'à la gueule, col tordu, serré, qu'aucune goutte ne soit perdue. Elles s'y reprennent à plusieurs fois, s'escriment à tourner l'embout avant de fermer le tout au moyen d'une corde nouée. L'opération réclame précision et rapidité, si la main glisse toute l'eau se répand. Il faut ça pour que les hommes bougent, voir la terre bouillonner sous le pneumatique agité de soubresauts se vidant sur le sol. Claire est au spectacle, pas complètement à l'aise, elle n'ose proposer son aide, elle dont les mains laissent échapper la moindre assiette. Gamine, on le lui a assez reproché, et avant même qu'elle n'ait saisi la moindre vaisselle son père la mettait en garde et ça ne manquait pas... patatras.

Un homme s'approche du puits, il prend son tour au milieu des femmes. Un veuf ? Une fillette l'accompagne juchée sur un âne aussi maigre que ses gambettes. L'homme déverse l'eau récupérée dans une bassine et la porte péniblement jusqu'à un tapis. Tout à l'heure il le piétinait à pieds joints pour en ôter la poussière, maintenant la petite le frotte avec ce qui doit être un bout de savon. Il leur faut plusieurs allers-retours au puits tant le tapis boit l'eau. L'attelage du vieux et de la gosse manque plusieurs fois de tomber, Claire se retient d'y aller, elle n'est qu'une touriste, convoitée et tolérée, et ne veut pas mettre dans l'embarras Aït parti elle ne sait où. Le vieux et la gamine chacun à un bout du tapis tordent la laine savonnée, tentant d'en extraire la saleté. La première fois, un jus noir coule, à la troisième il est brunâtre. Évidemment, Claire pense à celui sur lequel elle a dormi. Jugé propre le tapis est étendu au soleil sur les piquets plantés aux abords du puits.

— Du bois d'acacia.

Son guide est là, et Claire sent immédiatement une tension qu'elle avait, se dénouer.

— Sa forme en Y plantée profondément soutient le poids d'un corps en appui. Nos chameaux sont prêts, on peut se mettre en route. Il y a trop de monde ici, vous ne trouvez pas ?

Qu'essaie-t-il de lui dire ? Qu'il préfère être seul avec elle ? Elle aimerait le croire.

Elle voit approcher les toubabs descendus de l'avion avec elle. Celle qui réclamait un chèche a opté finalement pour le noir sans soupçonner qu'il attise la chaleur.

Iyatti, la nounou djiboutienne de Claire le lui a bien appris, la couleur sombre est à éviter. Dans la bouche de Iyatti cela donnait « Claire, tu portes pas ça ou alors le palmier il pousse dans la tête. » Après une poignée d'années dans la Corne de l'Afrique, la petite Claire dans les bagages d'un père militaire avait sillonné le continent. Congo, Togo, Sénégal, puis retour à Djibouti où elle avait retrouvé une Iyatti du même âge que la mère de Claire mais qui aurait pu passer pour sa grand-mère. Très tôt l'enfant s'était convaincue de l'inanité à vouloir changer la donne, que son père, le colonel Montclar, résumait d'un « Si un Blanc peut bronzer, un Noir sera toujours noir, y a rien à redire à ça ». Observant la touriste se jetant sur son chèche noir, Claire continue d'entendre celui qui inspire à beaucoup une crainte, « Retiens bien ça, les gens de couleur ne peuvent se permettent le blanc qu'en accédant à de hautes fonctions. Un tissu noir dissimule leur crasse, ils supportent tout alors… un peu plus chaud, un peu moins… La justice en toute chose et crois-moi nous y veillons. » Par la suite la petite Claire avait veillé à égarer systématiquement ses robes blanches, sans omettre de laisser dans les poches un peu de poudre à laver et elle serait moins la fille de son père.

Ils ont avancé côte à côte dans le désert une paire d'heures, et ont fini par trouver un massif épineux, sa dentelle d'ombre. En se contorsionnant et recroquevillée dessous, sa tresse ne se prendra pas dans les épines. *Le thé est amer comme la vie, doux comme l'amour, suave comme la mort.* Elle l'a lu au dos d'*Akaraba*. Une écume soulève le couvercle de la théière d'argent, le thé fait des bulles de sucre, elles roussissent en coulant le long du bec avec une odeur de caramel, lui rappelant les goûters de son enfance avec de la graine de colons, la marmaille des officiers sous le commandement de son père. Elle n'avait qu'une hâte, rejoindre les enfants du personnel. On chuchotait « Cette petite parle trop aux gens de couleur, elle ne devrait pas leur prêter ses jouets. » La réprobation avait enflé au point d'arriver jusqu'aux oreilles de son père et il avait renvoyé chauffeur, jardinier et cuisinière coupables d'être les parents des camarades indésirables de sa fille. Les gosses en question s'étaient mis à cracher sur son passage, et la fille du jardinier s'était retrouvée l'épaule déboitée ; le père furieux de son renvoi avait empoigné le bras de la gamine comme il le faisait des mauvaises branches dont il n'aurait plus à s'occuper.

Les souvenirs de Claire rendent le thé encore plus amer et elle serre à le briser son verre vidé d'un trait. Elle se concentre sur la main de son guide, ses ongles d'un ivoire fendillé, ses poignets de fille. Il se lève donnant le signal du départ. Elle remarque qu'il a enlevé son chèche pour mieux le réenrouler autour de son visage, sur ses cheveux tout aplatis avec déjà quelques fils gris dedans, elle n'arrive pas à lui donner d'âge, quarante, cinquante ? Elle réprime un sursaut, où il devrait y avoir une nuque, Claire découvre à la base de son crâne un magma de chair. Quelle bête peut donc abîmer ainsi ?

Aït a volontairement exposé sa cicatrice au regard de Claire. Pour la distraire d'elle-même, ce qui lui pèse. Il se surprend à vouloir la protéger, veiller sur elle comme sur ce que l'on a de plus cher, il ne croyait pas que cela lui arriverait encore. Jamais dans un trek jusque-là il n'avait découvert le magma de chair qui lui tient lieu de nuque, il va lui dire d'où il vient et ce sera une histoire qui commence.

Il raconte le garçon turbulent et intrépide, seul mâle après sept filles, la fierté de son père et la paix pour sa mère. Pour son grand-père il était l'éternité accordée, tant il est vrai que le vieillard parcheminé jusqu'au bout des doigts, le regard continuellement embué, paraissait sans âge à son petit-fils. L'exemple à suivre d'une vie tracée dans le sable et elle était leur monde. Fils, petit-fils, arrière-arrière-petit-fils de nomade, le père d'Aït avait préféré être sédentaire. Pour sa femme. Ces deux-là s'étaient choisis. À un marchand, la mère d'Aït avait préféré un chamelier venu pour la guetna, la récolte des dattes. Elle avait préparé sa fuite.

Certaine en annulant le marchand d'être répudiée par sa famille. Après sept grossesses et la naissance du fils tant espéré, la promiscuité dans leur zériba, la tente qui les abritait tous, était toujours aussi douce à partager. Le père attendait de son benjamin qu'il se conduise en homme et de ses sœurs d'en abattre le travail. Le benjamin était à tous leur trésor, et un jour il marierait ses sœurs, continuerait de veiller sur elles et pas un n'aurait à rougir de ses actes. Un futur simple. Il arrivait au garçon de se demander quelle sorte de femme serait la sienne. Lors de méchouis au village à une journée de marche d'Akaraba, le jeune garçon ne manquait pas d'observer les plus farouches parées de leur voile, un melehfa, écrin à leurs yeux excessivement soulignés d'un khôl. Il devinait des sourires, l'adolescent ne bronchait pas tout en sachant déjà reconnaître les promesses contenues dans une cheville ou un rire. Il les épiait préparant leur henné, mélange de feuilles d'épineux et de beurre de dromadaire, il se plaisait à se croire une pâte qu'elles étaleraient sur leurs cheveux mais il ne désirait pas davantage. Il songeait à une plus tendre, plus pâle, étrangère, un beau mystère, et quand ses nerfs le lançaient il défiait son grand-père de le suivre là-haut, au bout du bout du mont Quamar. Certains soirs, son père dérobait à leur foyer quelques braises et il emmenait son fils pour une marche bordée de lune, apprenant à l'adolescent l'histoire des siens. La migration des Noirs vers le sud, des Berbères au nord, et les oasis, ces clairières tant aux nomades qu'aux sédentaires. « À la fin du premier millénaire fils, les caravanes ici défilaient par centaines. Cette partie du Sahara était la principale voie de passage du commerce entre l'Europe et l'Afrique noire. Le troc des étoffes, des bijoux et des parfums contre l'or garantissait la fortune de chacun. En quatre siècles, près de neuf tonnes d'or ont transité par ici. À cela tu ajoutes l'or blanc, le sel. Je le tiens de ton grand-père qui lui-même le tenait de son père, et ce depuis l'origine du Temps qui est nôtre. Tu as toute la vie pour décider de son cours. Prends un bon départ, ta mère m'a appris à réfléchir, à croire en l'avenir et tu es cet avenir. » Son père le répétait inlassablement comme un dessert que l'on s'accorde et savoure encore plus. Le jeune Aït avait choisi sans rien en révéler de suivre la trace effacée qui avait laissé en lui une empreinte, il serait un homme bleu et redonnerait sa splendeur à la caravane de ses ancêtres, il était assez enfant pour le croire, ne s'en était ouvert à personne, pas même à Djénoun, le grand ami de son père. Les deux gardaient ensemble leurs maigres troupeaux et Djénoun pressait le fils de les suivre dans leur tout aussi maigre négoce. Si le père d'Aït prenait soin de sa famille, son ami, lui, veillait sur un Blanc égaré dans le désert avec dans la tête un blanc encore plus grand. Djénoun avait décidé de le sauver et de ne pas le laisser aux charognards rôdant autour alors qu'il l'avait trouvé lèvres éclatées par le soleil, et un souffle qui avait du mal à passer entre comme s'il hésitait. Une goutte après l'autre, Djénoun avait fait entrer dans le toubab de quoi décourager tous les vautours, une amitié avait suivi, et tous dans la famille d'Aït l'avaient accepté, même le grand-père pour lequel un Blanc c'était que des ennuis. Le leur ne lâchait pas un bout de bois, il pianotait dessus, en jouait comme d'un instrument dont le mécanisme aurait été cassé. Le nouveau venu ne savait plus son nom et comme il fallait lui en donner un, ils l'avaient appelé l'homme au bout de bois.

À la prochaine lune on tuerait le mouton et pour la première fois le jeune Aït enfoncerait la lame dans la bête, il prendrait sa vie, couperait la tête et partagerait les parts. Après il parlerait à son père.

— Mais il n'y a pas eu de grande fête, ni de nouvelle lune regardée ensemble.

Il n'y avait pas eu la main d'un père posée tendrement sur la nuque de son fils et ils regardaient les étoiles pâles d'une lumière trop vive. Les paroles qui suivent, Aït les murmure davantage qu'il ne les prononce. Il ne dit plus *je*, il dit *le garçon*. Claire l'écoute sans le regarder, elle a l'impression d'être encore plus avec lui, à l'intérieur de ce qu'il lui confie. Comme si à se rejoindre leurs blessures pouvaient mieux guérir.

— Le garçon a l'âge de s'éloigner un peu de la zériba pour rêver à celui qu'il deviendra, à la fois si loin et si proche des siens. Il a repéré le bruit de moteur, en aperçoit la masse et sa vitesse pleine de poussière, elle oblige à fermer les yeux. Il a appris à se tenir à l'écart des hommes pressés. Ceux qui s'excitent à soulever du sable, à courser tout ce que le désert peut leur livrer. De trop rares jaguars, les fennecs et les gazelles. La voiture continue sa route droit sur lui, on dirait qu'il n'y a personne au volant. Comment savoir, le soleil de face éblouit le garçon. Il n'aime pas ce qu'il entend comme si dans ce désert aux pistes invisibles, le véhicule n'avait d'autre repère que son petit cœur qui s'emballe.

Au cri de leur mère, les sœurs sortent de la zériba comme un seul homme, faisant un bloc de peur. Le père n'ose ramasser le corps disloqué de son fils, et le grand-père vient de voir sa vie s'arrêter. Le nuage de poussière quittant à toute allure leur campement a fauché plus qu'eux-mêmes, père, mère, sœurs et un fils, et tout leur échappe des liens qui font une famille. Les parents du jeune Touareg n'ont pas eu leur mot à dire. L'homme au bout de bois s'interpose et Djénoun menace mais l'essentiel est de sauver la réputation de celui à qui la voiture appartient.

Son guide a remis en place le tissu indigo enroulé par cinq fois autour de sa tête. Avant qu'il ne lui laisse voir sa cicatrice et qu'ils aient quitté la palmeraie sans sacrifier au rituel du thé proposé par les Touaregs vivant là, Claire avait observé au puits les talons entaillés de crevasses, notamment ceux de l'homme essorant son tapis. Aït avait surpris son regard « Cela commence par une fente si petite on ne la voit pas à l'œil nu, elle devient une entaille, elle sèche, ses bords s'épaississent et la faille s'installe, on y pense moins, on ne sent plus qu'on a mal. » Ce mot, faille, avait ramené la jeune femme à Djibouti et sa tranchée de deux mètres d'une frontière visible entre les deux Afrique créée par l'apparition d'un volcan. Les talons de son guide lui rappellent le Grand Bara, une terre argileuse et asséchée au point de se craqueler par plaques de plusieurs mètres. Le colonel Montclar y courait le semi-marathon annuel, seul Blanc à tenir la foulée d'hommes à la peau foncée gagnant pieds nus. Claire enfant ne lâchait pas du regard le dossard trempé de sueur et pour encourager son père elle courrait à ses côtés, elle décrochait vite, ne pouvait se résoudre à le perdre de vue, la réverbération du soleil sur l'étendue brûlée de chaleur était si forte, elle en pleurait. Le militaire était reparti depuis longtemps à ses affaires quand enfin elle passait la ligne d'arrivée. Lui restait la mer. Les jours de grand vent, le khamsin l'agitait de vagues trop hautes pour y plonger ; Claire avait un autre antidote à ses parents, le quat, la drogue locale. Chaque midi l'avion d'Addis se posait sur la piste le ventre plein de feuilles et elles vous rendent à la fois calme et fou. Suffisamment sonné pour ne s'inquiéter de rien. On n'a plus faim, on n'est plus spolié, abusé. Un retard de l'avion et la population tremblait, il lui fallait son quat quotidien. L'État fournissait diligemment, tuant dans l'œuf l'idée de révolte. Les premières feuilles mâchées sont les plus amères, après on est une bête, on broute, la chique coincée au creux de la joue, qu'elle libère son jus, une euphorie salutaire toute relative. Claire était trop jeune, trop blanche, pour mâcher dans les mabrazes et elle s'était trouvé un coin tranquille ourlé d'une écume où s'aventuraient les dauphins. Après une courte nausée la mastication des feuilles lui valait une apathie, ersatz d'insouciance. Ce qu'elle avait dans la bouche l'anesthésiait de l'ébullition acide d'un père, un qui-vive apeuré de sa mère, et surtout on n'en parle pas. Un couvercle sur tout ça qui déborde et vous brûle une enfance.

Ils ont gravi leur première dune. Elle aime se tenir en hauteur, un peu en retrait des autres, de leurs bavardages, leur présence. Quelques secondes avant le coucher du soleil, le sable n'est que paillettes. Le soleil s'éteint comme épuisé par sa longue journée avant d'étendre demain son drap d'or ; elle lui offrira ses paupières pleines d'un ciel semé d'étoiles et la lumière ne l'aura pas quittée. Juste avant leur bivouac, Claire a nettoyé son visage et ce qu'elle pouvait de son corps au moyen de lingettes, économe des carrés encrassés à brûler ensuite, surtout si ce doit être sous les yeux de son guide. Elle qui aime tant marcher pieds nus, à les enfoncer dans la dune et son ombre bienfaisante, elle s'est rechaussée avant de rejoindre Aït auprès du feu. Cet homme mérite une pudeur. À ce mot Benoît ressurgit. Alors pour l'éloigner ce triste mari, Claire lui oppose un autre nom.

— Ça veut dire quoi Taleb ?

Claire et Aït sont penchés au-dessus du feu, l'un vers l'autre. Elle ne voit pas son guide tressaillir.

— Taleb, c'est celui qui vous protège, le guérisseur. C'est aussi le nom d'un écrivain, j'ai vu son livre dans votre sac. Et dans celui de pas mal de marcheurs que j'ai emmenés dans les Ajjers.
— Vous l'avez lu ?
— Lu ? Non. Buvez votre soupe, le désert donne faim.

Ce qu'il s'est ingénié à cacher, qu'aucun des touristes qu'Aït a guidés n'a soupçonné, il aimerait que Claire le devine. Si pour elle il se souvient de tout, ils franchiront bien plus que des dunes et se rejoindront quelque part, même après sept petits jours et un vol retour.

— Enfant j'escaladais le mont Quamar, j'avais l'impression de gravir l'homme que je serais un jour. Je me voyais des cuisses et des épaules de la taille des rochers et elles me mèneraient au-delà de l'énorme bloc de granit qui chaque fois arrêtait mon ascension. Mon grand-père y était bien arrivé lui. Et c'était là je crois le plus beau conte de mon enfance, l'écouter me raconter comme il avait été fort. Elle continuait de couler en moi sa jeune vie et elle me donnerait ce sommet.

Arrêté par l'énorme rocher, le jeune garçon n'en avalait pas moins le vent, et le reg, et les ergs, s'émerveillant de les voir si petits quand il savait leur immensité. De la hauteur où ils étaient, le vieil homme et l'enfant pouvaient modifier les formes du monde et c'était leur monde. Plein de caravanes, de sacs d'épices et de couleurs, la saveur de ce qui est à trouver et il sourirait à des belles qui ne le seraient jamais assez et ce serait encore mieux ! Son nom résonnerait aux confins du désert, c'était obligé. Il était un gosse qui s'appuyait sur les jambes fatiguées d'un vieil homme, non l'inverse. « Avec toi mon petit, l'avenir me donne à gravir bien plus qu'un rocher. » Et ils allaient les deux ensemble jusqu'au granit infranchissable. La main du vieux tirant sa force de l'épaule du plus jeune, le petit-fils avançait doucement, il accordait son pas, descendre la pente exigeait une telle concentration il en était aussi épuisé que le vieillard. Ils reprenaient leur souffle et le jeune Aït se sentait d'Akaraba comme on naît du ventre d'un homme.

Jamais Aït n'avait laissé des braises s'éteindre avant que ceux qu'ils baladent ne soient bien au chaud dans leur duvet. Un frisson de Claire lui rappelle qu'ils sont deux ombres avalées par la nuit. Elle doit avoir les jambes ankylosées, être assise directement sur le sol sans pouvoir appuyer son dos quand on n'en a pas l'habitude est vite inconfortable. Il aime qu'elle ne se plaigne pas, endure ce que peuvent avoir d'austère marche et bivouac sur plusieurs jours. Il distingue à peine son visage tant il fait sombre mais il n'a pas envie de bouger, pas envie d'arrêter de l'emmener dans ses souvenirs. Il y a un silence entre eux qu'elle ne cherche pas à rompre, c'est bien. Elle déplie ses jambes, Aït ravive le feu. Après l'amour tendre d'une mère, après le fol amour avec Hélène sa si belle, il y aurait encore pour lui la douceur lasse d'une femme ? On n'obtient pas de flamme à souffler sur des cendres mais si le conditionnel pouvait être un futur, il serait ce qu'elle voudrait. Il a remarqué comme elle pétrit la mie de la galette, il voudrait lui apprendre à cuire la taguella sous la braise, la battre, en ôter tous les grains de sable et la passer au tranchant de la lame, n'en garder que le meilleur, et il en serait de leurs corps comme de cette pâte, paumes ankylosées à s'être pétris, ils reposeraient légers, il la prendrait et elle aurait la sensation, elle, de le prendre. Qu'une femme seule parte ainsi loin de tout, à l'inconnu, il faut être forte ou bien en peine. Quand elle marche elle sort parfois de son sillage comme si elle oubliait où elle était. Il lui a raconté le jeune Aït, pour le reste… il faudrait justement qu'elle reste. Il lui demandera de lire un passage d'*Akaraba*. Quel trouble ce sera d'écouter la femme à aimer dire ce qui a été écrit pour la femme aimée. Il perçoit l'écoulement du sable qu'elle laisse échapper de ses doigts sans s'en rendre compte comme s'il lui fallait toucher un tangible dans le noir. Il ne doit pas être loin de minuit, cela n'existe pas d'être debout à une heure pareille dans le désert ! Il s'emploie à contrôler le désir, décidément oui il commencerait par sa tresse, y chercherait son odeur cachée.

Elle ne soupçonnait qu'il pût y avoir autant d'étoiles, elle est comme une enfant derrière une vitrine pleine de pâtisseries, qui ne peut les toucher, ne pourra pas toutes les manger mais elle a le droit d'en choisir une, pointer le doigt vers elle. Le ciel contient tant de vœux, elle n'en a qu'un, mais à quoi bon tendre la main, elle ne pourrait le toucher, il lui filerait entre les doigts comme ce sable, comme cette étoile qui vient de lui passer sous le nez et on n'a pas le temps de dire Ouf. Alors un souhait… Si elle s'écoutait elle irait s'étendre contre cet homme mais elle ne veut pas être de ces filles d'une semaine, être une qui s'offre à bon marché. Le sable sous sa tresse est plein de grignotements, scarabées ou scorpions qui se déplacent et se partagent les miettes de taguella. Leur progression est lente mais donne une impression de vitesse tant elle est constante. Les chameaux blatèrent, le sommeil l'emporte, tout comme le regard sur la couverture de son livre, deux tisons sortis de la nuit, leur incandescence.

Ils sont repartis sans avoir échangé un mot au réveil, juste un thé brûlant, elle tenait son quart comme on prie. D'habitude dès le deuxième matin Aït mesure les limites de ceux qu'il promène et le troisième jour c'est plié. Entre les cloques de l'un, les courbatures de l'autre, la danse des sept voiles d'une troisième mais Claire le surprend. Il a marché avec de plus grands sportifs, des habitués du Sahara, mais ce qu'il ressent est différent, comme si elle était le désert. Il vient de lui dire et ce n'était même pas pour lui faire plaisir mais tenter de la saisir un peu plus.

Depuis vingt-cinq ans qu'il a perdu Hélène, il accepte ce présent, l'amour retrouvé. Et tous les amoureux du monde que font-ils quand ils se rencontrent ? Ils déposent leur passé aux pieds de leur vainqueur qu'ils ont conquis et disent tout de ce qui ne peut être changé et cela change tout. Claire a cessé de marcher, la pause méridienne n'est que dans une heure mais elle a commencé de parler et rien, pas même le soleil qui tape fort ne pourrait l'arrêter. Aït se retient de l'envelopper dans les pans de sa gandoura, lui faire un abri de ses bras et la protéger non pas du soleil mais d'une ombre descendue en elle.

— J'ai perdu un enfant. Il n'a pas eu le temps de naître, et c'est mon ventre qui est mort. Pardon de vous raconter ça mais si je vous parle ce ne peut pas être à moitié.

Et Claire continue avec la visite faite à sa mère avant de s'envoler pour le désert.

— J'ai appris que mes parents avaient eu du mal à m'avoir, cela a pris des années. Ils sont venus à Akaraba et je suis née. J'ignore pourquoi ça n'a pas été un dénouement heureux. Comme si le prix à payer pour que je naisse leur avait coûté trop cher et a épuisé le bonheur.

Elle avait grandi en se sentant responsable de la faillite de leur famille. Sa mère lui a dit que c'était difficile d'avoir un enfant, et elle avait mis un point au bout. Claire a entendu que c'était difficile de l'avoir pour fille. Sa mère lui fait penser à une tortue sans carapace. On ne se demande jamais à quoi ça ressemble sous la carapace d'une tortue. Tout à vif. Cela ressemble à sa mère.

Souvent ceux qui se sont tus longtemps laissent échapper un tourbillon de derrière les digues, une flopée de craintes et d'interrogations qui s'empressent de passer, elles écument et tout sort dans le désordre.

— Je n'ai pas fait mieux que ma mère. Ma carapace, ce mari, l'avocat de mon père, n'a pas tenu. À le voir défendre ce qui n'aurait pas dû l'être, je me suis mise dans le lot et j'ai cru bien faire en l'épousant.

Elle s'excuse encore de se livrer sans retenue. Le père militaire en poste dans le Sahara, pas encore colonel mais suffisamment gradé pour y faire la pluie et le beau temps. Et qui décide une virée dans le désert, loin de tout pour y arriver, faire un enfant. N'admettant aucune défaite, celle-là encore moins. Sortir par le haut, avec une femme enceinte et une lignée qui se poursuit. Un caractère à l'ancienne, et il fallait s'y plier. Pas exactement une nuit de noces ou une lune de miel mais un changement d'air, une évasion et elle serait propice, c'était obligé. Pragmatique, minutieux, il avait arrêté la date idoine avec la fertilité de sa femme et… en route.

— Ils auraient dû être heureux de leur nuit à Akaraba, c'est après que le ventre de ma mère a commencé à vivre et pourtant… Quelque chose ne va pas, et m'empêche d'y croire vraiment. C'est ce que je suis venue chercher à Akaraba, y voir clair.

Aït fait un rapide calcul. Ils étaient rares les Blancs, très rares à s'aventurer jusqu'au mont Quamar… Il redoute ce qu'il pressent.

Ils ont repris leur marche, ce qu'elle a pris de loin pour un bosquet rétrécit à mesure de leur approche et se révèle être un arbre hérissé d'échardes à peine de sa hauteur. La distance crée elle aussi une illusion. Claire remarque combien au soleil de midi son ombre lui colle encore plus à la peau. La rasade qu'elle est en train de boire ne sera jamais assez longue, elle a soif, est cuite d'avoir trop marché, trop parlé. Comprendre d'où elle vient, trouver sa place, demander à des souvenirs qui lui manquent d'exister. Un revivre.

Comme souvent quand les forces lui manquent, Claire se tourne vers un livre, elle ne l'a pas encore ouvert, l'attrape. *Akaraba.*

— Vous m'en lisez un passage, Claire ?
— Vraiment ? Vous voulez bien ?
— Oui.
— Je commence par le début ?
— C'est un bon début.

Il était une fois une gazelle qui voulait des ailes.

Elle courait la gazelle, sautant plus haut que tous les autres gazeaux mais des ailes il manquait à la gazelle. De son museau il lui fallait toucher un firmament, en lamper les gouttes et il n'y aurait plus de nuages, elle boirait tout son soûl un embrasement. La gazelle pleurait, elle pleurait incapable de gambader. Même le chant des oiseaux annonçant l'aurore ne parvenait à la faire bondir. Elle refusait tous les hommages.

— Belle gazelle, d'où vient le lac embuant tes yeux ?

— Oh mère de toutes les gazelles, je voudrais des ailes pour voler, des ailes pour parcourir le ciel.

— Que ne le disais-tu, délicate et charmante, j'ai moi aussi à l'aube de mon printemps désiré plus que tout des ailes, toute gazelle que j'étais.

— Et ?

— Ah charmante enfant, j'en ai fait des voyages. J'ai vu la crête enneigée des montagnes de Kabylie recouverte d'une écume. Le désert quand on le survole dans son infini attire comme un mirage qui n'aurait pas de fin. La lune pleine, une nappe blonde ondule, on dirait la chevelure d'une vierge venue d'une autre planète, celle d'un monde englouti et que l'on a découvert. Oui, petite gazelle, je suis allée jusqu'au bout du bout, par-delà la frontière des mers.

— Je vous en prie, apprenez-moi le secret du voyage. Il n'est pas un rivage que je ne veuille atteindre. Acceptez, de me prêter vos ailes. Où les cachez-vous ?

— Ne les vois-tu donc pas ? Chaque seconde, si je le veux, je vole à ailes déployées.

— Ne vous moquez pas ma tristesse me tue.

— Allons enfant, laisse-moi te dévoiler mon secret. Au soir prochain, au plus profond de ton sommeil, dans le silence de la terre tout entière endormie, tu laisseras un songe pénétrer en ton cœur et ton âme. L'imagination, elles sont là tes ailes.

— Quelle est cette magie qui déjà m'emporte ?

Et Aït de poursuivre.

— Les rêves, belle gazelle, les rêves.

— Je croyais que vous ne l'aviez pas lu !

Adorable enfant. Il n'a pu s'empêcher de l'interrompre. Comment mieux la rejoindre sans ébaucher un geste ? Il appartient au désert et refuse qu'elle soit sienne pour une nuit, un jour seulement.

— Cette histoire de gazelle, tous les enfants touaregs la connaissent. Tenez, prenez ce quartier d'orange, vous devez avoir la gorge sèche.

Il y a cette paix de la marche, elle balaie les questions, tient en joue l'inquiétude. La bonne fatigue des muscles, le rythme à tenir, le souffle qu'il faut aller chercher, et c'est une victoire de sentir tout son corps au travail, et la tête qui se repose. Loin du bruit du monde. Elle exige de ses cuisses, aime à les sentir durcir sous l'exercice, ses forces ramassées. Elle respire sur ses mains le parfum collant de l'orange, elle n'ose sucer ses doigts, et à penser à ceux de son guide dans sa bouche elle trébuche, il n'y a d'autre obstacle qu'elle et pour une fois Claire s'en amuse.

Il lui a conseillé de troquer ses chaussures de randonnée contre des sandales ouvertes. Un léger mouvement du cou-de-pied et le sable accumulé entre la semelle et la voûte plantaire s'échappe. Fini l'impression de transporter la dune. Elle a rechigné à garder ses chaussettes tant le résultat est inesthétique mais il a été formel, elle aurait des cloques ce soir, et il leur reste plusieurs jours de marche. Plusieurs ? Ils arriveront bientôt à la moitié de leur temps ensemble.

Cette dune, elle n'en voit pas le sommet tant il s'étale, ils vont en longer la crête jusqu'à la tombée du jour, elle a intérêt à garder son souffle. Ils bivouaqueront là-haut. Le sommet de la dune fait un coude sur quelques mètres, il permet de s'allonger. Son guide n'a pas précisé à quelle distance l'un de l'autre. Leurs chameaux sont restés derrière, un chamelier leur fera contourner ce gros tas de sable au versant trop à pic pour eux. Une dune haute à bousculer le soleil. Elle glisse ses doigts sous les lanières de son sac, les tenir au niveau des épaules leur évitera de gonfler. Le petit sac qu'elle a gardé commence à peser, avec une gourde pleine, son duvet, un lainage, et bien sûr son livre. Elle porte les dattes aussi. Aït lui a conseillé de monter la dune à petits pas, de biais. De bien poser le pied dans la trace des siens, il sait où trouver la surface la plus dure. « Vous n'avez qu'à me suivre, quand votre mollet s'enfonce, surtout ne le levez pas en force, vous vous fatigueriez vite. Il faut aller doucement. » Elle veut être une dune et qu'une immensité s'enfonce en elle.

— Il n'y a pas un brin d'air, tant mieux. Nous n'aurions pu marcher à cette hauteur avec le sable et les bourrasques. Encore une heure de grimpée puis autant à avancer à la crête, et on trouvera notre chambre.

À ce mot, chambre, le désir en elle s'emballe, pour un peu elle accélérerait et lui passerait devant.

L'horizon ne se ressemble plus, ni à rien qu'elle connaît. C'est au-delà. Ils progressent dans la beauté. Depuis le début de la grimpée Aït porte une souche enfonçant chacun de ses pas dans le sable, ce bois sera leurs braises pour la nuit et une limite, ils dormiront de part et d'autre jusqu'à ce qu'elles s'éteignent. Aït arrache des lambeaux d'écorce et lance le feu, un crépitement. Il étire et aplatit la pâte pour la galette, les yeux de Claire dédaignent les flammes, ils ne quittent pas les avant-bras de son guide et elle veut qu'il s'en aperçoive. L'effort de la marche et la charge de bois en ont gonflé les veines. Pour préparer la taguella, il a remonté les manches de sa gandoura, augmentant l'envie de Claire de toucher quelque chose de lui, sa peau quelque part.

Aït sent son regard, et il a cette envie de la tenir toute molle entre ses mains. Il appuierait ses paumes grandes ouvertes sur son visage, chercherait l'orbite sous les paupières, d'un trait d'ongle il entrouvrirait sa bouche. La galette gonflée d'eau réclame qu'il s'occupe d'elle, du lit de braises dont elle sortira craquante après qu'il l'aura retournée. Il écarte les braises, leur fait un second foyer, y réchauffe un reste de la veille, un bouillon de navets et de carottes conservés sous le sable pendant plusieurs mois. Hélène les aurait ensevelis sous la sciure et à son bouillon, elle aurait ajouté de l'ail, elle en raffolait. Il aimait la regarder dans sa cuisine et que le plan de travail soit en granit. Appuyée contre, elle le provoquait, « L'excès est capital pour apprécier ».

Pendant la cuisson, ils ont partagé les deglet nour, la souche va se consumer jusqu'au matin. Une fois la galette cuite, Aït la bat à coups de jambia, un coutelas à lame plate et incurvée, il en racle le sable et une poussière des premières cendres sur la pâte puis invite Claire à rompre la taguella, l'émietter dans le bouillon. Il ne perd rien de ses gestes, un peu maladroits, un peu tremblés, elle est comme lui assise sur ses talons, corps penché au-dessus de sa gamelle, elle l'imite, pour tenir l'équilibre à croupetons, elle tient ses cuisses bien ouvertes. Elle a des doigts d'enfant, pas de bague mais la marque plus pâle de ce qui a été une alliance à son annulaire gauche ; à la fin de leur marche elle aura disparu.

La nuit commence à peine. Son guide souffle sur des braises, le visage proche d'une brûlure, il y laisse deux ou trois cils. Claire n'en a rien montré mais émietter la pâte à peine sortie de son four de sable lui vaudra certainement des cloques au bout des doigts. Au contact de la galette trop chaude sa langue a gonflé autant que la pâte qu'elle avale à moitié. À vouloir tout faire comme lui au lieu de s'asseoir tranquillement dans le sable elle a un début de crampe dans le mollet, ah elle est belle ! Et avec les frisottis échappés de sa tresse elle doit avoir l'air d'une folle. Elle prétexte de se laver les dents pour se déplier, même si avec le sable et la pâte à dentifrice mal rincée, la brosse a tout d'un balai en fin de carrière. Elle se débrouille comme elle peut, adoucit ses paupières d'un doigt de salive.

S'enfoncer dans son duvet est ce qu'elle a de mieux à faire.

Des heures, Aït a regardé la forme dans le duvet. Le ciel en marche. À la respiration de Claire tout juste devinée, là encore il retrouve Hélène, la sienne de respiration dans son épaule, il en attrapait un torticolis à continuer de la regarder endormie et le jeune homme se persuadait qu'il veillait sur elle. Dans la tête d'Aït, sa si belle continue de célébrer la beauté des roses, leur velours, pétales détachés, il en retrouvait partout. Elle préférait les plus pâles qui retiennent une lumière. Il y avait eu cette fois où son amante avait détaché l'un après l'autre les pétales des têtes de son massif préféré, des roses anciennes. Aït avait protesté, elle, continuait d'écarter les pétales un à un, lentement elle tirait dessus, recherchait l'infime craquement avant de les froisser plus délicatement encore, concentrée, comme lorsqu'elle le peignait s'était-il dit, et il n'avait plus plaint les fleurs. Quand elle s'était donnée à même les roses décapitées, froissant sans finir de pâles brassées, l'amour avait eu un parfum de ciel et de la terre frottés ensemble. Leur histoire n'aura eu le temps d'un commencement.

Les roses du désert sont sans pétales mais elles ne se fanent pas. Leur racine est plus profonde encore que le Temps.

Quand Claire sort la tête puis tout le corps de son sarcophage en plumes, elle est seule, la souche se consume encore, la bouilloire chante. Elle repère un point indigo suffisamment loin pour qu'elle fasse sa toilette et se change sans avoir à rester pliée en deux, troque le pantalon de nuit contre le pantalon de jour. Son tee-shirt de la veille aurait besoin d'être lavé mais le remettre c'est retrouver l'odeur de son effort, de son avancée le long de cette dune, sa courbe femelle.

— Le chamelier doit nous attendre. Demain nous laissons ce paysage de sable derrière nous.

— On verra Akaraba ?

— Uniquement de loin. Ce n'est pas une destination de catalogues, pas question que les touristes s'y aventurent, l'endroit manquerait de pâturage pour les chameaux, et la piste est trop mauvaise pour les 4 × 4. Elle obligerait à des secousses qui n'ont rien d'une villégiature, les voitures s'endommageraient encore plus vite. Nous allons traverser plusieurs champs de lave et nous descendrons dans un cratère, on y sera pour midi. Mais avant je veux vous montrer quelque chose. Plutôt vous faire écouter. Tendez l'oreille en descendant, vous entendrez le tambour des sables, son bruit sourd, la secousse de nos pas peut toucher des couches profondes, détacher de grandes plaques dans le ventre de la dune. Passez devant, vous aurez une surface intacte, sans trace. En marchant dessus, en la soulevant vous serez un peu la dune. Gardez vos chaussures à la main et ne soyez pas surprise de vous enfoncer jusqu'à mi-cuisses, je serai derrière vous, nous avons tout notre temps.

— J'y vais alors ?

C'est encore mieux que ce qu'il dit, mieux que les mots, c'est vivant où elle avance et c'est vrai ces minutes à dévaler la pente, elle va les garder avec elle. Demain, les grains auront repris leur place qui n'est pas la sienne, la dune sera de nouveau parfaitement lisse, elle aura avalé leur passage, et Claire aura touché à une immensité.

Elle doit faire encore de plus petits pas qu'à la montée. À aller trop vite, elle resterait plantée là. Elle ne soupçonnait pas la fraîcheur souterraine, et la dune, oui, a quelque chose d'un ventre. Le sable est glacé entre ses orteils, l'impression que personne n'a touché ce qu'elle touche, joyeuse de la hauteur à dévaler encore. Elle entend le tambour, et aura su l'entendre que ça existe une dune qui vous répond si on la chatouille.

Ils ont retrouvé les trois chameaux, leur odeur de pissotière ambulante, devenue familière, elle n'a aucune envie de grimper dessus ou de les toucher, ne serait-ce que du bout d'un doigt mais elle est au spectacle avec eux. Il leur reste quelques dunes à franchir beaucoup plus basses, Claire cette fois avance au pas de charge, prend de l'avance pour regarder leurs chameaux les gravir, pattes avant pliées de manière à les avoir à la même hauteur que celles à l'arrière, unique façon de progresser dans la montée avec une charge si lourde arrimée selon une minutieuse répartition du poids. Les trois ont l'oreille découpée, l'un est plus blanc, le poil plus jeune, il porte seulement cent kilos quand ses aînés sont bons pour deux cents. Elle a vu avant le chamelier indiquer à l'animal la destination à suivre d'une simple pression de son pied sur l'encolure. Une autre plus forte du gros orteil sur la corde passée dans l'anneau accroché à la narine de son chameau le fera s'agenouiller et l'homme descend. Et s'éloigne. Pour un quelque part qui est invisible. Tant mieux. Elle se prépare à une nuit pleine de ruminations, rots, grognements et gargarismes, les flatulences sont pestilentielles, il n'y a qu'à jeter un coup d'œil dans l'intérieur verdâtre de leur gueule pour ne pas leur en vouloir et même compatir tant c'est repoussant là-dedans ! « Au bout de dix ans, un chameau est bon pour être une viande coriace, mais avant, a précisé Aït, il a été le plus fidèle compagnon s'il trouve sa ration quotidienne de pousses vertes, capable de rester quatre mois sans boire, une vertu incomparable dans le désert. »

Plus que les jours précédents, la chaleur arrive brutalement, son guide a ôté sa gandoura, il n'y a pas un brin d'air, un souffle brûlant contient jusqu'au paysage, le sol en devient flou. Là, des rizières, là, un lac, le cinéma des mirages en Technicolor. La lumière est si vive, une traînée de sel comble les premières ridules autour des yeux de Claire. Ses index mouillés de salive étirent un ruban frais sur ses paupières ; à y être, elle enduit ses cils de bave. Elle a trouvé son mascara du désert.

— Il y a quatre mille ans, Claire, le désert n'existait pas. On le sait par l'art pariétal. Vous allez voir les premières peintures sur roche, un panneau entier. Sans gardien et interdiction de toucher, seulement notre regard dessus. Je peux marcher trois jours juste pour le regarder, être bien certain qu'il est là.

Elle ne connaît rien à la peinture, elle est surprise du ton ému de son guide et une nouvelle fois se demande d'où lui vient sa manière de parler comme dans un livre.

— Ces dessins ont six mille ans. Ils remontent aux têtes rondes. Les plus vieux que l'on a trouvés. Vous voyez, ils sont cernés de blanc. Le reste date de l'ère protoberbère, trois à cinq mille ans avant notre ère. Après-demain nous en verrons d'autres plus récents, des Garamantes. Avec des scènes de dépeçage de bœufs, d'antilopes, on reconnaît un chien léchant le sol. Les peintures plus récentes s'accompagnent de caractères tifinaghs, notre alphabet en compte vingt-cinq.

Il lui indique un abri sous roche avec d'autres dessins, elle serait passée à côté sans rien voir. Plusieurs dizaines de mètres couverts de peintures intactes. Une mémoire du Temps. Inscrite, et surgissant de la pierre, faisant revivre pour elle un monde disparu. Quand le désert qui n'était pas un désert était plein de lions, de girafes, de singes. Elle voit un hippopotame, et même une vache qui pleure. Là, une fresque que traverse un troupeau de zébus mené par des hommes aux épaules isocèles. Et dans leurs costumes des déesses portant des bijoux ciselés. Il émane d'elles une autorité. Les animaux témoignent d'une époque où l'eau courait dans le Sahara.

Aït lui signale plus loin une dernière peinture, un portrait, et leur prépare un thé.

Elle en aspire discrètement l'écume, elle s'est habituée aux gorgées âcres et douceâtres, le stimulus est immédiat, effet revigorant. Comme le veut la coutume, Aït lui a rempli son verre à trois reprises. Elle a envie qu'il continue de lui raconter Akaraba et comment le portrait qu'elle vient de découvrir sur la roche peut à ce point ressembler à celui de son roman. Et lui dit :

— C'est Taleb peint par sa femme. Elle signait ses peintures de son prénom Hélène. Il y a une monographie qui réunit ses œuvres. Pas toutes, on n'y trouve aucun des portraits de Taleb. Dedans il y a des roses et des roses, c'est une nature vivante qu'elle a peinte cette femme.

— C'est vrai.

— Ils ont disparu tous les deux. Elle, est morte, Taleb on ne sait pas où il est, ni les peintures qu'elle a faites de lui. Reste le roman. Je nous en lis un peu.

— Oui Claire.

Un jour tu m'as dit Les naufragés ont droit de vie sur ceux qui les ont sauvés. *Tu brilles au centre de moi, et à personne je ne le dévoile. Je t'adore, ce n'est pas un mot c'est un baiser, et je vais bondissant sous tes paupières où je vois bleu.*

Claire, comme d'autres avant, aura pensé en venant ici retrouver la trace de Taleb. Par deux fois un journaliste s'était glissé au milieu de ceux qu'Aït balade, les curieux étaient repartis bredouilles, sans rien soupçonner de sa cicatrice.

Il ne l'écoute plus. Quand il avait perdu Hélène, Aït Taleb s'était séparé de la moitié de son nom. Taleb, celui qui guérit, il n'avait rien guéri de la septicémie qui avait emporté sa si belle, et s'était tout à fait senti la pierre qu'un jour on poserait pour lui au milieu de celles de son père et de sa mère, de son grand-père au pied du mont Quamar, un cimetière improvisé et inévitable. Une pierre ne pleure pas, il pourrait pleurer s'il écoutait Claire.

En découvrant le portrait de cet homme protoberbère de trois mille ans, lui aussi avait constaté l'étonnante ressemblance et n'avait pu s'empêcher de regarder en bas à droite, chercher un… Hélène, sa signature, jusque sur une peinture du fond des âges.

Après l'accident, le jeune Aït s'était réveillé dans la chambre d'une clinique à Paris, où plusieurs mois de coma avaient éteint son dernier souffle d'enfance. Entouré d'un aréopage d'infirmières, d'un ponte de la chirurgie faciale mais sans aucun des siens. Sur la table de chevet il avait trouvé à son réveil un livre laissé par le précédent occupant du lit. *Le Comte de Monte-Cristo*. Plus que les antidouleur, la lecture de ce roman avait aidé le jeune Aït à guérir et ne pas penser à se venger.

De ceux dont le véhicule avait percuté son corps d'adolescent, il ne savait rien ou si peu. Seulement qu'il importait d'éviter un scandale prompt à ternir l'image d'un officier de l'armée française. Aït bénéficierait des meilleurs soins auprès des meilleurs chirurgiens, en échange de quoi, sa famille garderait le silence sur l'accident. Pour les responsables de ce corps désarticulé, cette histoire appartenait probablement déjà au passé.

Aït avait refermé *Monte-Cristo* songeur, il n'y aurait pas de bonheur à rendre le mal pour le mal mais y aurait-il encore un bonheur pour sa jeune vie ? Une année entière fut consacrée à la rééducation le jour, à la lecture la nuit. Après Dumas, il y avait eu Dickens, Stevenson, et les mots de Zweig, « *Notre vie possède des courants plus profonds que les éléments extérieurs, qui nous rapprochent et nous séparent. Une intense magie de la vie, accessible à notre seule émotion et non pas à nos sens, gouverne nos destins, même quand nous croyons les diriger nous-mêmes.* » Il y avait eu Hélène. Elle valait pour un adolescent poussé allongé, pour une nuque rabotée et toutes les machines pour écarter, soutenir, rétablir un corps et l'équilibre de sa raison. Elle valait plus. Portraitiste reconnue, Hélène allait sur ses quarante ans, elle avait poussé la porte de sa chambre et il avait été tout à la fois son modèle, son enfant, son amant, son amour. La peintre avait mesuré depuis longtemps quel vivier pouvait être une maison de soins et pour ceux dont elle faisait le portrait elle était un rendez-vous, quelque chose de doux, elle ne serait pas uniquement une voleuse d'abandons. Elle ouvrait des portes, jusqu'à trouver ce jeune homme tranchant et tendre, la violente douceur d'aimer. D'esquisse en esquisse, d'un murmure l'autre, ces deux-là s'étaient effleurés sans même se frôler, pas besoin, pas encore. Plus tard, Hélène lui confierait avoir voulu peindre avec lui ce qui était perdu, un âge d'or. Être encore, beaucoup, à la folie, la jeune fille qu'elle n'était plus d'un premier amour. « Tu ressemblais à un vieil enfant, les paupières d'un gisant qui ne voudrait pas fermer les yeux une seconde pour ne rien perdre d'une lumière qu'on lui a retirée. Et je la peindrai, je le savais, je ne savais que cela. » Le jeune homme était devenu omniprésent dans l'œuvre de l'artiste. Son point fixe. Il maîtrisait maintenant « la langue de France » bien mieux que d'autres y étant nés. Il ne cherchait pas ses mots il les cuisinait aux petits oignons, capables de dire le front bombé d'Hélène avec sur la tempe une veine comme une source. Et le jeune Aït se pendait à ses cils pareils à des pattes de scarabée, aussi longs, aussi noirs, tout le temps à bouger. Et à un corps sans adjectif qu'il n'osait tout à fait détailler. Il posait sans se lasser, il la contemplait et il était en équilibre, un peu comme sur le mont Quamar, la sensation, même immobile, d'être poussé par l'ascension, aller plus haut que le sommet.

Jusqu'à présent, les humains représentaient un sujet d'étude pour Hélène, un modèle potentiel, pour la peintre ; tout autre désir glissait sur elle. Mais après leurs séances, les heures concentrées, elle avait entrepris les démarches pour qu'à sa sortie de la clinique il puisse la suivre le jeune homme oublié là. Grâce à son œuvre, Hélène avait les appuis nécessaires pour s'épargner la pieuvre administrative et obtenir ce que l'on refuse si facilement à d'autres échoués ici et ils échouent à vivre.

À dix-sept ans, Aït avait faim de cette femme et d'abord de ses seins coloquintes. Il n'en disait rien, se débrouillait du fourmillement, quand un autre au bas de son cou cicatrisait. Les greffes avaient fini par prendre et les os s'étaient ressoudés, les muscles se déliaient, et il avait suivi Hélène dans sa demeure. Il n'était jamais entré dans une maison avec des murs plus épais que son bras. Il posait, elle ébauchait, il lisait, elle ajoutait la couleur. Et Aït avait commencé d'écrire dans sa tête. Comme le pauvre pêcheur des contes attrapant dans son filet un poisson d'or, il attrapait les mots, en faisait toute une histoire qu'il imaginait raconter à son grand-père, à ses sœurs, à ses chers parents et ç'avait été *Akaraba*. Hélène lui avait offert un, puis deux cahiers, et au troisième rempli d'une écriture serrée, le roman était là. Aux chameaux chargés de bijoux et d'étoffes, Aït avait substitué des pages pleines d'un désert et il avait l'impression de revenir au pied du mont Quamar. Bientôt. Il marcherait vers les siens, sa main dans celle de sa femme toute blanche.

En prenant Aït pour seul sujet, Hélène avait hissé sa cote vers des sommets. Les galeristes s'arrachaient ses anciennes toiles quand désormais son unique sujet était son jeune amant. On était prêt à payer cher le sulfureux d'une œuvre dédiée à un homme bleu de moitié d'âge de celle qui en avait fait son seul dessein. En refusant de vendre, de céder à aucun prix les portraits d'Aït, Hélène aiguisait les appétits d'un tout petit monde qui ne savait plus comment dépenser son argent. Leur couple insolite dérangeait et suscitait une envie. Les murs épais de la demeure dont ils ne sortaient plus étaient une forteresse et les massifs de roses blanches leur haute tour. Hélène cultivait les fleurs avec un sérieux et l'émotion qu'elle mettait en toute chose. C'est en lisant le roman d'Aït qu'elle avait découvert l'existence des roses de Jéricho, cette fleur du désert qui renaît chaque matin. On pouvait au crépuscule la croire tout à fait déshydratée mais une goutte de rosée la nuit la faisait s'ouvrir encore et encore à l'aurore, écarter ses branches, le vent en soufflait les graines, les libérerait et elles se multipliaient, puisant loin sous la terre les quelques gouttes d'eau nécessaires à sa survie. Une rose sans épine, sans fin, sans pouvoir blesser. Le roman signé du seul nom de Taleb avait été l'attraction du moment avant le prochain veau d'or. Le jeune homme s'était reconstruit sur une bouillie d'adolescent. Seulement, ce qui porte un si beau nom, Fatum, n'en avait pas fini avec lui. La septicémie lui avait enlevé Hélène et cette fois plus que lui-même. Il avait enterré son nom, Taleb, avec elle, et ils reposeraient pour des siècles et des siècles sans qu'aucun Dieu oublieux ait rien à voir avec ce qu'ils continueraient d'être. Un amour.

Après la mort d'Hélène, Aït était retourné au désert, son vide qui est un plein, de sable et de vent, un silence. À trop le regretter son père s'était éteint. À devoir pleurer le fils et le père, sa mère l'avait rejoint. Mal mariées, ses sœurs vivaient dans une Afrique sans Sahara. Son grand-père ? Aït s'était absenté trop longtemps. Même l'homme au bout de bois pourtant pas si vieux avait désormais sa pierre parmi eux tous au pied du mont Quamar. Restait Djénoun, sa faconde, sa connaissance inépuisable du désert et il l'avait partagée avec le fils retrouvé mais trop tard pour qu'il y ait des retrouvailles. Son bien le plus précieux, Aït le tenait sous sa gandoura contre sa peau, de jour comme de nuit. De la centaine de portraits peints par Hélène, Aït en avait conservé un, dupliqué en dizaines de milliers d'exemplaires sur la couverture de son roman. Depuis vingt-cinq ans qu'il l'avait perdue, Hélène était là encore fort légère roulée sur son torse et tant mieux si une sueur s'y était incrustée. La peintre avant de mourir avait juste eu le temps d'obtenir du jeune homme qu'il enterre sous un rosier grimpant la totalité des portraits qu'elle avait faits de son amant, elle les lui léguait. Et Aït avait creusé profondément avant de déposer en terre une malle pleine de lui, par elle. Le massif des roses blanches à l'ourlet crémeux rosissant au cœur serait à ses peintures toutes les saisons.

Du jeune homme passé il ne subsistait guère que les yeux, deux charbons. Chaque fois qu'il aura vu son livre dans les mains de touristes Aït se sera regardé dans les yeux touchant alors un désir enfui qui demeure.

Ils ont repris leur marche. Au tour d'Aït d'écouter Claire et lire en elle.

— Je vous l'ai dit, j'ai été conçue ici mais j'ai grandi surtout à Djibouti, une fournaise. Albert Londres assure avoir vu ceux qui osaient s'y promener à midi ne pas revenir. Il attendait le soir pour aller relever la trace laissée par leurs corps fondus !

Ils marchent côte à côte sans dune pour les en empêcher. Claire lui raconte le lac au-delà du golfe de Tadjoura, le lac Assal à cent cinquante-trois mètres au-dessous du niveau de la mer, la température y avoisine les cinquante degrés, le soleil y est encore plus implacable, le sel remplace le sable, un rivage de gypse, une eau trompeuse, elle attire, on plonge et avec la concentration de sel dans l'eau on flotte, mais vraiment, et quand on en sort, on se transforme en statue de sel. Ce n'est pas agréable du tout ! Les cheveux, les cils, deviennent des cristaux, le duvet que l'on a sur le visage autour de la bouche, le moindre poil est saisi dans une gangue. On est lourd, embarrassé d'un sel que l'on ne peut rincer d'aucune eau douce. Le soleil vous boulotte la peau. Remettre ses vêtements serait comme s'habiller de papier de verre. Et même si on a soif, très soif, on ne pense qu'à se rincer. Retrouver sa peau.

— Et il n'y avait personne pour vous empêcher d'aller dans ce lac ?
— Personne. Seulement ma mère et le colonel.
— Le colonel ?
— Mon père.

Elle sait que ce qui vient après les emmène sur un terrain dangereux. Où le colonel Montclar fait la loi. Le cerveau de Claire a trop lutté contre la bataille larvée mais qui gronde à laquelle se sont livrés ses parents sans l'en protéger. La petite fille en était tétanisée d'être au centre de ce qui se jouait et dont elle n'avait pas les règles. Pourquoi ne pouvaient-ils s'aimer les trois sans en être blessés ? Si elle arrêtait de se poser cette question, elle existerait moins. Vraiment ? Et sans transition elle enchaîne avec les Afars et les Issas.

— Djibouti aussi a ses nomades, aujourd'hui sédentarisés. Quelques irréductibles ont gardé leurs chameaux. Je ne m'en approchais pas, ce n'était pas ma place.
— Pourquoi ?
— Parce que je n'en avais pas.

Une dernière fois Claire se retourne vers là d'où ils viennent, une coiffe d'or éclaire le front des dunes si lointaines déjà.

Ce soir, son guide a séparé les braises en trois, un petit îlot pour ses pieds, un autre pour ses mains

— Et le plus ensablé pour votre visage. Un proverbe maure dit « Qui ne se satisfait pas de peu ne se satisfait pas de beaucoup. » Quelques braises parfois suffisent à allumer un grand feu.

Pour Aït aussi, leurs veillées sont devenues un voyage dans le passé qu'il partage avec elle.

— J'ai été un gosse heureux, très heureux. J'avais un merveilleux ami, mon grand-père. J'ai grandi au milieu des chèvres, et la fierté d'en être responsable je ne l'ai jamais retrouvée. C'est quelque chose qui est entré en moi, un paisible, rien n'aura pu l'entamer. Il n'y a pas de clairière dans le désert et pourtant mon enfance en était une avant cette voiture qui m'a roulé dessus. Même votre fameuse tour Eiffel n'était pas arrivée jusqu'à moi. Ma première sortie de l'hôpital a été pour elle, après des mois et des mois, plus de deux années à pousser à l'horizontale, grandir quoi qu'il arrive. Quand enfin j'ai pu tenir debout j'ai demandé l'endroit le plus haut croyant que je pourrais apercevoir Akabara et ça n'aurait plus été si lointain, si long sans les miens. J'ai souhaité comprendre *Le pays de la France*, je l'appelais ainsi. Ne pas y être un étranger. Que ce ne soit pas que de la rééducation. Il y avait les machines pour mes muscles, pour mes os, il y avait eu les perfusions, mais pour ce qui restait de ma tête il y a eu les livres, tous ceux que l'on trouve dans un hôpital, ceux qu'on laisse, je les ai lus. Je savais déjà réfléchir je crois. Je savais regarder, et imaginer, mais vouloir ? Est-ce que je savais vouloir ? Oh pas pour avoir ou obtenir. Pour être. Et c'est ce que les livres ont été pour moi. Une autre vie, ma vie.

Le désert ce matin est en fleurs. « La rosée suffit à faire éclore les pousses vertes. Un peu de l'humidité de la nuit et une terre désolée en est toute changée. » Une trace de vie imperceptible mais insolente comme Claire aimerait l'être. Presque une luxuriance, les acacias en fleur lui rappellent les mimosas ; elle aime leur odeur pénétrante, leur floraison l'hiver, aime que les petites boules jaunes si riantes, odorantes, meurent vite à être détachées de leur tronc. Et toute l'eau d'un vase n'y change rien.

— Une pluie tombée il y a plusieurs années peut faire germer des graines, continue Aït. Elles restent blotties sous terre, une averse, et le sol devient un champ de couleurs. Là-dessous il y a un réseau de racines innombrables, elles ont appris à courir à la recherche d'une goutte d'eau. Attendez de voir les roses de Jéricho.

Elle connaît les roses des sables pas de Jéricho. Le nom lui plaît. Elle vient de voir ses premières coloquintes, davantage qu'à des citrouilles, elles lui font penser à des scalps. Aït lui signale une autre espèce d'acacia, avant de le nommer il marque un temps… un amour… cet arbre s'appelle un amour !

Même loin des dunes, il y a toujours assez de sable dans le désert dès que le vent s'en mêle. De fortes bourrasques soulèvent une poussière abrasive. Bien obligée de mettre les lunettes de soleil pour protéger sa cornée, qu'aucun grain de sable n'entre sous les verres. Elle va devoir sortir la panoplie du désert, s'évertue à dérouler son chèche en suffisamment de bandes autour de son visage, pour protéger sa bouche, remonter le tissu sur ses narines. En voulant replacer une mèche sortie de sa tresse, elle s'empêtre dans son chèche. Elle a dû s'arrêter pour venir à bout du tissu prêt à s'enrouler partout sauf autour de son crâne, et son guide est loin. Dans le désert la règle veut que lorsque l'un s'arrête on continue d'avancer sans se retourner. Pour ne pas le gêner s'il a besoin de… Claire est gênée qu'il la croie en prise avec un embarras gastrique. Déjà que chaque matin il lui faut brûler ses lingettes et son papier hygiénique – et elle n'est pas la plus douée – avant qu'Aït ne s'assure que les braises du petit déjeuner soient tout à fait éteintes et les recouvre de sable. La première fois elle a étouffé le feu, et la combustion s'est arrêtée net. Claire a triché, certaine que son guide s'en était rendu compte, elle a récupéré les papiers souillés, les a enterrés, et quand on sait qu'il faut un siècle dans le Sahara pour venir à bout d'un papier qui traîne… La moindre boîte de conserve, bouteille en plastique ou en verre est un désastre, le désert n'est pas fait pour les ordures. Et immédiatement elle pense à la fausse couche, ce qu'on aura jeté d'elle à la poubelle et qui portait déjà un prénom.

— On y est presque. Sur notre gauche, la première guelta, j'espère bien la trouver pleine. Il y en a deux autres un peu plus loin et si l'eau de la troisième est saine vous allez pouvoir prendre un bain.

Sa première pensée est pour ses cheveux, elle va enfin les alléger de la sueur, sable et fumée du feu le soir. Y passer les doigts, que leur masse ne tire plus à ses tempes tous tressés qu'ils sont. Avant même de toucher l'eau dans la gigantesque marmite de pierre, Claire en ressent les bienfaits, cela tient à une humidité ambiante, accueillante après tous ces jours secs, il y a même un laurier-rose. Elle est déjà déchaussée, se régale de la fraîcheur sous ses pieds. Une nouvelle fois, Claire constate à quel point elle a peu réfléchi au désert, comme il est trompeur le Sahara. Ce soir elle pourra rincer son bol sans avoir à le frotter d'une poignée de sable pour en ôter la graisse figée par le froid la nuit. À la gratter, le premier matin, le bout de ses doigts en avait pris l'onglée, elle a vite appris à ne pas attendre le lendemain pour nettoyer leur vaisselle aussi succincte soit-elle. L'homme est un drôle d'animal qui se cabre pour un rien et s'adapte à beaucoup. S'accoutumer, une loi de l'existence.

Même le vent se tait. Les oiseaux en profitent, l'air est tendre de leur gazouillis. De minuscules moineaux entièrement jaunes viennent se poser sur la roche juste au-dessus de la guelta, aile contre aile, ils sont au moins cent, la paroi en semble vivante. Un poitrail ocre ébouriffé et une gorge haletante, voilà comment elle voit le granit maintenant. À son approche, la roche a paru se soulever sous l'envol des petits moineaux, l'espace d'une seconde on croirait qu'ils ont emmené dans le ciel la terre comme un drap qui claque au vent. Ça roucoule, Claire compte maintenant une quarantaine de tourterelles et autres oiseaux venus s'abreuver. Elle reconnaît le calot blanc du moula-moula, le corps noir des taquets et les becs de corail. Ils l'entraînent jusqu'à Hyatti, sa nourrice, qui surgit avec sa volière et tout ce qu'elle possédait dedans de chamarré et de charmant. Elle y veillait comme à la prunelle de ses yeux, Claire l'entend encore : « Toi j't'aime pareil p'tite mais eux mes trésors je ne les laisserai pas me quitter. Ils sont rien qu'à moi, tu comprends ? » Les seuls instants de repos que s'autorisait Hyatti étaient auprès de ses oiseaux, elle n'avait de cesse de les faire briller, tout au moins leur cage, avec un chiffon doux. On aurait pu croire qu'elle les coiffait, repassait leurs plumes, lustrait leurs pattes. Inlassablement, la nourrice racontait pour chacun une histoire à rêver debout.

Aït est occupé à remplir leurs guerbas, ses gestes font s'envoler les oiseaux. Une fois vides leurs gourdes ressemblant à des chèvres tronçonnées se recroquevillent, leur peau déshydratée ; mais à peine jetées dans l'eau elles gonflent, tous poils dehors, reprennent en se remplissant la forme de l'animal qu'elles ont été, leurs quatre membres et la tête en moins.

— Vous m'aidez Claire à tenir bien droit la guerba pendant que je verse l'eau ? S'il s'en échappe quelques gouttes mettez vos pieds dessous, elle est glacée. Voyez comme le cou s'élargit. On va bien la remplir, on aura des provisions d'eau pour plusieurs jours.

Plusieurs jours quand ils n'ont plus que demain ? À quoi joue-t-il, lui qui ne veut pas jouer avec elle ? Leurs guerbas pleines ils les entreposent à l'ombre dans une deuxième guelta moins profonde, son eau stagnante juste bonne pour les chameaux. Claire admire la roche creusée de tourbillons. « Une averse et l'oued asséché déverse des flots. » La vasque fait une enclave fraîche où coucher leurs provisions d'eau, les guerbas serrées l'une contre l'autre la panse bien pleine. On dirait un troupeau sans tête.

— La troisième guelta est beaucoup plus profonde, si son eau est suffisamment pure, je reviens vous chercher, vous n'aurez jamais eu d'aussi grande baignoire. Mais une bête crevée dedans et on n'en fait rien. En attendant prenez cette gamelle, vous improviserez une douche à la première guelta.

Des lézards rouges zèbrent la pierre, le regard de Claire se laisse attraper à leur vélocité. Elle va vivre une heure de paix absolue. Absolument seule, avec la douce certitude d'Aït la rejoignant. Y a-t-il meilleure union qu'une attente sans douter ? Elle voudrait se fondre à la roche, à certains endroits elle a rosi, tire sur le vert, une chair tuméfiée mais elle n'a pas mal. Claire, d'abord, ose à peine toucher l'eau puis ses mains en vasque la soulève, elle y enfonce les avant-bras, s'en éclabousse le visage, les épaules, comme si pour s'amuser elle en jetait les gouttes sur une autre. Elle la verse longuement sur ses pieds nus, ils en sont goulus, elle bat des orteils ! Elle a l'impression d'avoir des mains fleurs, le sillon brun à force d'une poussière incrustée sous les ongles disparaît, elle a des mains neuves, poursuit avec un massage des mollets, les malaxe, comme si c'était Aït qu'elle massait. Pour les cheveux elle préfère attendre, les immerger entièrement si la profondeur de la troisième guelta le permet, laisser les longues mèches descendre dans l'eau et retrouver le volume d'une chevelure qui est une parure, elle le sait. Elle nettoie son soutien-gorge qui en a bien besoin, frotte avec l'eau la sueur accumulée et l'étend plus loin, qu'il sèche invisible. À la voir si tranquille, les tourterelles reviennent boire et elle se coupe de tout ce qui n'est pas cet instant, il n'y a plus à ruminer, à se redouter. Chaque minute qui passe lui raconte une autre Claire qui ressemble à cette eau qui serait un vide léger, avec un dépôt au fond.

Aït espérait la surprendre les cheveux lâchés, il est surpris de ne pas la retrouver tête mouillée. Depuis leur départ de Djanet il attend ce moment de la voir sans sa tresse. Il remarque immédiatement l'absence de soutien-gorge, sa poitrine bouge, sait-elle cette jeune femme le don insensé qu'elle est pour lui ?

— L'eau risque d'être glacée mais vous pourrez vous y baigner. Elle ne s'évapore pas, le soleil ne l'atteint pas. Un olivier en a profité pour pousser à côté d'un cyprès fossile, je lui donne trois mille ans. Il y a aussi un pommier de Sodome, et tout un parterre de cistanches, leur racine a un goût d'asperge, j'en ferai une soupe pour notre dîner.

— J'aime cet endroit. Je me sens exactement où je dois être.

Voilà qu'un âne sorti de nulle part les a rejoints et il a trouvé le moyen d'attraper son soutien-gorge au passage ! Elle rougit, verte de ce bout de coton tout sauf affriolant, juste bon à marcher et oublier ses seins. Une lingerie éteignoir qui lui va bien. L'âne lâche son trophée juste sur les genoux d'Aït. À son tour d'être gêné, et ils rient ensemble.

La nouvelle guelta ressemble au sexe d'une femme. C'est ainsi que Claire la voit. Avec une mousse à fleur d'eau, une pierre lisse, humide, jusque dans ses moindres anfractuosités. Glissante. Elle s'écarte par le milieu avec un gouffre qui la poursuit sans l'achever. Elle entre dedans, ne s'est jamais sentie aussi vivante. D'une brasse, elle écarte le plancton, en a mal au ventre tellement l'eau est froide, elle éprouve son poinçon et l'effacement de tous les kilomètres avalés, comme si on repassait tous ses muscles. Ses cheveux aussi nagent, un étau glacé enserre ses tempes, le cerveau se rebiffe, ce sera tout pour le visage. Elle n'a ni shampoing, ni savon, cette eau grouille de larves mais il lui semble n'avoir jamais été aussi propre.

Des fleurs blanches, de petits buissons d'un surprenant vert granny ont réussi à pousser autour de l'olivier, tellement sec, on le croirait embaumé. Elle trouve une pierre plate où s'allonger. Elle attend son guide, voudrait l'obliger à la trouver nue, en appelle au soleil, si elle le regarde bien en face elle obtiendra d'Aït qu'il en fasse autant. Claire a souvent de ces sortes de défis silencieux que les enfants se donnent. Elle a dû s'endormir, son visage la cuit. Elle est seule.

Aït ne bougera pas. Pourtant il ne leur reste que deux nuits. Il ne se résout pas à la prendre et la perdre, la tenir sans la retenir. Alors il fait comme il aime, il se tourne vers Hélène, son rire du jouir, sa fougue. Les heures voraces, à tremper les draps en plein hiver, la litanie du désir, les mots juste pour lui, juste pour eux. De l'atelier d'Hélène au jardin ils ont essayé l'amour de toutes les manières, chérissaient leur extravagance.

Claire a fini par le rejoindre, elle a déjà refait sa tresse. Le thé est prêt. Le désert, se dit Aït, ressemble à cette théière avec son bec pour égoutter les verres, son ventre pour y ranger le sucre. Tout compte.

Le vent est tombé. Ils ont traversé la nuit chacun occupé de l'autre. De ces pensées qui ne sont pas un rêve, tout ce qui est eux et ne l'est pas.

— Aujourd'hui on va devancer le soleil. Je voudrais arriver en haut de ce piton avant lui.
— De là on verra Akaraba ?

Ils ont laissé leurs sacs avec les chameaux entravés. Certains passages relèvent presque de l'escalade. Elle ignorait ce qu'était avancer à la verticale, à grandes enjambées avec de légers sauts sur la paroi pour ne pas glisser, en donnant une poussée du talon permettant d'agripper suffisamment le granit, et vite gravir d'un cran ce qui se dérobe, la projette jusqu'au sommet. Mais avant, il leur faut contourner un à-pic infranchissable, et redescendre en se déportant sur la droite, la pente se contrôle mieux si on y marche en crabe, elle remonte, franchit un vide étroit, se fait violence. Aït ne la lâche pas d'un pouce, du regard il la hisse à sa suite, lui donne l'audace, il affiche une tranquillité, une confiance en ce qu'elle peut et elle le fait. Il lui indique l'endroit exact de la paroi où se plaquer pour avoir la meilleure prise, les genoux de Claire ont raclé plusieurs fois, ses cuisses sont aussi dures que la pierre sur laquelle ils continuent de progresser, elle ne cherche plus à voir la distance à parcourir, elle y arrivera. Centimètre par centimètre, et maintenant à croupetons. Elle se laisse faire par l'espace, n'essaie pas de le comprendre, obéit à tout ce qu'il réclame pour ne pas tomber. D'une traction, bras tendu, Aït la soulève, il la réceptionne et ils sont deux enfants qui ont réussi un bon coup, franchi une limite.

Claire découvre des muscles dont elle ne soupçonnait pas l'existence, jusqu'à ses poignets qui tremblent tant elle a réclamé de son corps. Pas un son, tout est encore plus silencieux, vaste. Elle vide la gourde, ses muscles ont soif. Aït lui tend la deuxième gourde avec ce sourire qui la retourne. L'eau est fraîche de la nuit récente, elle boit plus lentement. Une vingtaine de pas et ils seront au sommet. Le dos de son guide lui masque la vue. Le ciel a doté les nuages de barbes fleuries, un brouillard pourpre déchiquète tendrement le levant, bientôt avalé par une poudre d'or. À l'horizon des mosquées et des citadelles de brume imprenables apparaissent, flottant au-dessus de la terre. Elle y est d'où elle vient. Akaraba. Elle marche dans son livre. Chaque courbe, chaque creux recèle un dédale, l'œil épouse des détails invisibles, et une nouvelle fois ils la ramènent à Djibouti, au rivage d'un lac celui-là sans gypse de sel, le lac Abbe. Ses reflets mauves après l'envol des flamants roses, les centaines d'aiguilles de calcaire accumulées autour de sources chaudes. Immenses cheminées au socle évasé, où les siècles vous laissent les contempler, étonnantes silhouettes découpées dans des chimères, fumantes, avec des volutes de vapeur où l'eau continue de bouillonner.

— Vous voyez les calanques de basalte ? Avant de les atteindre nous allons parcourir des kilomètres de lave émiettée.

Il lui montre tout en bas leurs chameaux, infime chenille se déplaçant. Seule leur progression permet de les repérer. Oubliée la cargaison de touristes débarquée avec elle. Chaque jour qui passe, Claire est avec Aït seuls au monde. Hier encore elle aurait été incapable de distinguer leurs chameaux, le désert paraît vide uniquement à ceux ne sachant pas le regarder, il est plein de patiences à l'œuvre. Ils sont repartis pour quatre heures de marche sans halte. Le champ de lave exige toute son attention et même sanglée, la cheville a vite fait de se tordre dans l'éboulis instable.

— Après les immenses blocs de grès, il y a Irekane, la forêt de pierres. Derrière on devine Akaraba, aux lignes plus foncées.

— On n'y sera jamais ce soir ! Et demain je…

Demain elle part. Elle est face à ce qu'il n'a osé lui dire, elle verra seulement de loin où tout a commencé pour elle et se termine pour eux. Ces jours finalement ne seront pas venus à bout de sa vulnérabilité ? L'affolement reprend le dessus. Pourquoi Aït ne lui demande-t-il pas de rester ? Qu'il l'enlève !

L'attache à un piquet ! Elle ne veut pas qu'il la laisse les quitter. Mais non, il s'affaire avec son satané thé ! Et ils boivent sans un mot leur potion amère, regard vissé sur un ailleurs qu'ils n'auront pas atteint. Il n'y a plus de paysage éblouissant, juste des lignes sombres que la lumière dessine. Un désert.

Une boule ligneuse couleur vert-de-gris, la tige totalement déshydratée. Drôle de fleur qui n'en a pas l'air et c'est une rose. Capable de pousser sur une lave froide. Elle puise loin dans le sol l'humidité suffisante qui lui permet année après année d'ouvrir des pétales qui n'en sont pas, plutôt des griffes. Rien ne l'empêchera de continuer, et plus le soleil monte, plus elle se replie sur elle-même, jusqu'à devenir une boule toute desséchée. Pleine de graines. C'est en se refermant dessus que la fleur les protège, une goutte et elle s'ouvre, un souffle et elle les libère, le vent qui les emportent féconde la terre. *Anastasis*, la résurrection, la rose de Jéricho. Aït vient de lui en offrir une, elle n'a pas besoin d'un vase ou d'être replantée, et dans vingt ans il suffira d'une aube, de la laisser dehors, elle s'ouvrira encore.

C'est leur dernière nuit. Aït lui a montré une nécropole, des tombes parmi les plus anciennes du Sahara, le seul royaume qu'ils auront atteint. Une orange à partager et il la remet dans l'avion. Claire lui demande de ne pas jeter l'écorce dans les braises, se frotte les poignets de son odeur mélangée à la roquette poussée elle ne sait comment dans une forêt de pierre, gigantesques monolithes et dômes de granit pleins d'un soleil, de la chaleur réfractée longtemps après qu'il se soit couché.

Aït écrase consciencieusement la cistanche, réduit sa racine en une farine. Pour finir il ne lui aura pas parlé d'Issabaten la Maure, la mère d'Aménokal, son fils né du mauvais ventre, par négligence. Demain Aït retrouvera Akaraba et le ciel aura encore tranché pour le bleu. Qu'importe qu'il soit turquoise ou cobalt, il aura par le milieu la bande indigo dont ceux de son peuple ont fait un visage.

Dernière marche puis deux heures de route et ils seront à l'aéroport, un 4 × 4 les y conduira. La matinée ne passe pas et tellement vite. Cette fois elle avance devant lui, sans rien demander, sans rien dire, son cœur si elle ouvrait la bouche l'avalerait. Autour d'eux tout est splendeur encore. Des massifs de grès marbré, en s'oxydant la pierre vire du blanc à l'aubergine, avec du grenat, des orangés, jusqu'au sol veiné de teintes diaprées. Certains des rochers fracassés révèlent des entrailles opalines, Claire ne résiste pas à effriter ce qu'il reste de bloc, elle y colore ses doigts, d'un ocre, d'un safran. Partout, elle voit comment un jour ici la mer a rugi et continue de rebondir de roche en roche avec ces fossiles de vers marins par milliers, une vague qui soulève le passé. Qu'ils lui fassent une petite place les ombilics, elle n'en bougera plus.

— À mon tour, Claire, de vous lire un passage d'*Akaraba*. Vous me prêtez votre livre ? *Je me souviens de tout. Les heures sages et affolantes, l'amour sur un drap de roses et la joie. J'avance, ton rire cascade dans ma gorge, j'avance, aujourd'hui est le plus longtemps.*

Finalement il l'aura tutoyée, et c'est le présent d'Hélène.

Ils roulent depuis une heure, il a insisté pour qu'elle monte devant et Claire louche sur une rose de Jéricho tête en bas coincée dans le rétroviseur, un grigri, qui protège des accidents et du malheur. Toute la fatigue de ce qui n'est pas vécu et l'a trop été la cloue à un siège déchiqueté aux ressorts aussi mal en point qu'elle à la pensée du retour. Et de Benoît, de son père le Colonel. Elle n'a pas un regard pour le rétroviseur évidemment déglingué tout comme le carreau de sa portière remonté aux deux tiers sur un paysage fragmenté. Ils viennent de dépasser, lui indique le chauffeur, la dernière balise avant l'aéroport de Djanet, un acacia juché sur une colline de poussière agrégée, le seul arbre à quinze kilomètres à la ronde. Une somnolence la gagne, elle n'aura cédé à rien d'autre.

— Alors au revoir ?
— Au revoir Claire.

Ils ont le même geste de s'offrir quelque chose. Elle, ce roman, qu'elle n'aura finalement pas lu. Lui, le dessin d'Hélène, des années il l'a eu sur le cœur, il est pour Claire.

Ils ont espéré une panne de moteur, un défaut du réacteur, n'importe quoi plutôt que de décoller pour nulle part ou rester cloué à trop d'absences.

Lui au bout d'une rue, au milieu de cinquante guides déjà prêts à contenir la prochaine avalanche de touristes, elle dans une cabine bétaillère avec sur les genoux un rouleau de papier qu'elle ne pense pas à regarder. L'hôtesse propose de le rouler plus serré afin de le glisser entre deux bagages sans qu'il s'abîme. Pour cela il faut le dérouler d'abord et le portrait du jeune Aït apparaît avec en bas à droite la signature d'Hélène. Claire comprend tout ce qu'elle n'a pas voulu deviner. Elle feint un malaise exigeant des soins immédiats, en rajoute. Coûte que coûte sortir de cette carlingue.

Et l'avion s'envole.

Il est là au bout de la rue, regard suspendu à un ciel vidé de son bleu.

Elle marche vers lui, y met une précaution, une lenteur, ils ont tout le temps.

Il n'y en aura jamais assez.

AKARABA

C'était écrit. Dans *Akaraba. Englouti sous les eaux il y a quarante millions d'années. Trente-huit millions d'années plus tard l'erg a commencé sa formation. L'érosion, et déjà les changements climatiques, ont donné à ce cordon de sable une infinité de tons, son grain aussi, né du vent, des tourbillons. Derrière la dernière dune, peut-être pas la plus haute mais la plus longue on est face à plusieurs horizons. Un champ de pierres, une terre brûlée, un massif de roches, et plus loin où se rejoignent les oueds, un autre cosmos de grès et de lave. N'était l'air que l'on y respire, on jurerait avoir quitté la terre. La poussière y est bien réelle qui pique les yeux, assèche la cornée à vouloir embrasser Akaraba contrée de nulle part.* Elle va être heureuse ici. Quelques zéribas disséminées dans un mouchoir de poche plein de désert. Aucun mur, aucune porte, qui enfermerait, ou claquerait. Claire s'échappe d'elle, de celle qu'elle a été, le conquiert enfin son prénom. Plus Aït creuse en elle, la soulève, plus Claire l'enveloppe. Il a commencé avec son visage, à coups de langue, à peine, comme un petit pinceau qui la dessinerait ou en ôterait une poussière, et tous les grains de sable. La langue entre dans ses narines, dans ses oreilles, elle lui dit Je suis là partout, j'aime tout.

Et même les étoiles ne sont plus les mêmes, qui fileraient doux et grifferaient la nuit. Il l'a allongée sur lui et elle a pleuré, elle ne savait pas. Elle a une étoile dans la bouche.

— Aménokal aimerait te rencontrer.
— Et la mère d'Aménokal, tu n'en parles pas.
— Issabaten aura du mal à t'aimer.
— Je ne lui demande pas de m'aimer.
— Elle est dangereuse.
— Ah…
— Notre vie est plus longue que la vie, Claire. On peut nous l'arracher, on ne nous l'enlèvera pas.
— Raconte-moi encore le mont Quamar. Et si je m'endors tu ne t'arrêtes pas, d'accord ?

À son fils, Aït a appris ce que les livres ont opposé à l'accident, son corps abîmé. Aménokal ne sait rien encore des peintures d'Hélène. Claire et lui se sont plu tout de suite, elle pensait rencontrer un enfant, pas un de l'âge qu'avait Aït quand il a dû quitter le désert. Dès leur première rencontre Aménokal a voulu l'emmener sur la pierre où le jeune Aït rejoignait son grand-père.

— Je viens souvent ici me reposer des autres.
— Quels autres Aménokal ?
— Ma mère. Et toi, maintenant.

Au moins c'est dit ! Le jeune homme a le sérieux d'une cathédrale et la sagesse d'un bâtisseur mais de quoi, il ne le sait pas encore. Il a une certitude pourtant, il ne vivra pas sa vie d'homme à Akaraba et l'affirme sans gêne, il veut une femme de France. Il a décidé qu'elle aurait les cheveux rouges comme le soleil à son zénith. Bon… Claire a demandé à Aménokal de lui apprendre le tamahaq. Le fils parle le français littéraire de son père. Évidemment. Aït a avoué à Claire qu'enseigner le français à Aménokal aura été ce qu'ils auront le mieux partagé. « Cela faisait de lui moins le fils d'Issabaten et davantage celui d'Hélène. » Elle va devoir compter avec une présence autrement plus encombrante que celle de la Maure. Elle n'a pas décidé encore laquelle la dérange le plus. Elle rechigne à lire *Akaraba* maintenant. Aït n'a rien dit de son roman à son fils, rien dit d'Hélène. Il souhaite le faire après le premier tindé du jeune garçon, cette fête d'initiation, passage à l'âge adulte pour les jeunes Touaregs, qui aura lieu à l'automne, dans huit mois. Les peintures restées en France pourraient bien changer la vie d'Aménokal, son père a prévu de les lui donner.

— Aménokal tu me montres par où grimper pour arriver tout en haut ?

— Non. Je ne veux pas mettre mes pas dans ceux de mon père. Même sur une pierre où ils ne laisseraient pas de trace. Je n'ai jamais été plus loin que ce rocher.

— Alors il faudra que je trouve toute seule.

— Ma famille, je vais la fabriquer loin de la mienne qui n'en est pas une. Toi, Claire, tu veux quoi ?

— Akaraba. Et j'y suis. J'y reste !

La mère du garçon doit être belle, très. Claire l'a lu dans le premier regard qu'Aménokal a posé sur elle. Plus belle. Claire a vu aussi que le jeune garçon comprenait leur glorieuse solitude à Aït et elle qui ne sait rien du désert.

À l'hôtel particulier censé être le sien – sa dote négociée par Benoît – Claire préfère leur zériba, sa charpente de branches fourchues. Il a fallu réunir des centaines de peaux de chèvre, de mouton et de mouflon teintées de rouge pour recouvrir les piquets de bois plantés loin dans le sol. Claire s'y sent dans une bulle de peaux assemblées et tannées, enduites de beurre, assouplies après qu'elles ont trempé des heures pour être lissées et étendues au-dessus de leur tête. La lumière, selon la couleur de la peau qu'elle traverse, change du tout au tout. C'est un autre ciel encore, une mosaïque d'éclaircies sans un nuage. Issabaten reste invisible. Aménokal a sa propre tente, voisine de celle de sa mère à deux kilomètres, il les ferait les yeux fermés tant il les a parcourus dans un sens et dans l'autre. Il vient chaque jour donner à Claire ses leçons de tamahaq. À la voir appliquée, une branche de tamaris affûtée entre son pouce et le majeur avec le sable pour ardoise, Aït lui dit retrouver ses jeunes sœurs.

Il y a eu sept jours, il y a eu sept semaines, il y aura un jour sept mois qu'elle est là. Mais ce midi quelque chose a bougé de leur paix, elle a roulé avec un bruit de moteur et d'amortisseurs fatigués, a freiné brutalement et le silence n'a plus été le même. Aménokal le premier a détaché les yeux du mot Atar, étoile, et Aït est sorti de la tente sans un mot.

Ténor notoire du barreau, Benoît devait son ascension véloce à une absence totale de scrupules. Une brute civile avec pour code de contourner le droit et le plier à son ambition goinfre. Son pedigree l'obligeait à ne rien devoir à la chance. Il avait ingurgité moult encyclopédies et femmes mariées, propres à servir ses intérêts. Il avait trouvé matière à œuvrer dans cette hydre, justice, presse et politique, un vivier plus grouillant qu'une guelta. Aux puissants, Benoît savait montrer une fidélité de jeune chiot et avec leur moitié il jappait sur commande donnant l'illusion de leur devoir ses plus fortes jouissances. Il avait remporté ses premiers procès choisis avec soin pour être gagnés. Lui manquait une femme, une officielle, dévouée à sa carrière et la stimulant, à défaut de le stimuler lui. Sa convoitise s'était arrêtée sur Claire, fille unique d'une pointure de la Françafrique connue pour en fixer le prix sans complexe, un qui fait et défait les frontières sans état d'âme et se paie sur la bête d'un monde immondice. Le colonel Montclar veillait rigoureusement au fonctionnement des vases communicants avec ceci de commun aux vases de nuit de remuer la merde. Garant toutefois d'un ordre où l'intérêt de la France et le sien avaient tout intérêt à se rejoindre. L'officier se voyait en grand chirurgien de l'espèce, droit dans ses bottes en peau de buffle, confectionnées depuis quatre décennies par le même Tutsi. Et s'il avait laissé la totalité de sa famille se faire massacrer, le militaire avait veillé à ne pas perdre son bottier. Une seule fois, il avait manqué ne plus respirer, en avalant de travers l'arête d'un poisson à Tadjoura.

Il avait fallu à Benoît trois ans d'approche, de courbettes et de dossiers falsifiés pour être admis dans le premier cercle de celui qu'il se plaisait pour plaire à appeler son mentor. Le temps pour le colonel Montclar d'en faire son avocat, nouvelle génération nouveaux réseaux, et quantifier l'intérêt qu'il aurait à lui donner sa fille.

Le militaire avait toujours cloisonné famille et patrie. Pas question de laisser la première fragiliser la seconde. Rien ne devait être en mesure de le neutraliser, donner une prise à l'adversaire. Entre sa fille et son devoir – ce que l'officier se gargarisait à appeler ainsi – il n'y avait pas à hésiter et sans le vouloir, en ne faisant pas de Claire une possible monnaie d'échange pour ses adversaires il l'avait protégée. Cette gosse l'avait toujours embarrassé. Il n'arrivait pas à lui faire une place, Claire n'y était pour rien, même s'il avait une bonne raison… Au gré de ses affectations il l'avait observée grandir, lui substituant l'image d'une plante qui pousse en pot et que l'on déplace selon les saisons, sans qu'elle ait une chance de faire des racines. Le colonel Montclar évacuait vite ce qui aurait pu le gêner, le contraindre, épouse et fille incluses.

Du côté de Benoît, cette alliance atténuerait nettement la tache indélébile de sa bâtardise. À l'âge où d'autres jouaient aux billes, Benoît avait engagé le fer avec tout ce qui aurait pu être un frein à sa revanche sur ses origines. La rage au ventre dispense d'avoir du cœur. Son mariage avait été son triomphe, sa femme le mettait en valeur sans lui prendre la vedette. Quasi muette, fluette, des hanches de garçon, la promise n'avait pas de quoi affoler le carnassier en tout qu'il était mais elle avait un côté démodé, intimidant, à tout peser charmant. Même s'il était nettement plus à l'aise en terrain connu avec le père qu'avec la fille. L'avocat savait s'adapter mais adapter Claire à ses mœurs s'était révélé plus difficile. Leur mariage était un malentendu, la jeune femme n'avait retenu de l'avocat que le meilleur, un beau parleur que rien n'arrête quand il veut obtenir quelque chose et il avait voulu Claire, pariant sur leur couple. Seulement Benoît n'en avait rien saisi et cela commençait à se voir. Une hydre qui ricane est encore plus vilaine qu'une hyène, et du vilain elle pouvait en faire sur sa chère carrière. Ce que ses rivaux n'avaient encore osé, moquer ouvertement ses origines, ils se l'autoriseraient bientôt, constatant son échec à se faire aimer d'une bien née selon un tout petit monde où l'on n'entre pas en forçant la porte comme on force une femme. Quand après onze mois d'un mariage calamiteux, Claire n'était pas rentrée au bercail, Benoît d'abord avait ricané. Qu'elle revienne la garce et il lui apprendrait avec son utérus pas foutu de garder un gosse ; il l'avait en travers la fausse couche, un rejeton de celle-là et ses adversaires en auraient eu le bec clos. Les quelques mois où le ventre de sa femme avait commencé de s'arrondir, Benoît s'était amendé, rentrant tôt, avec des égards pour la future mère, et ils en avaient été abusés l'un et l'autre, croyant que les deux anciens enfants issus de famille sans joie allaient fonder quelque chose d'heureux avec celle-là qui serait la leur. Une illusion avortée avec la fausse couche et l'explosion d'une sphère, une mère, un père et leur petit où ils avaient espéré jouer de concert. Privés de leurs rôles et une nouvelle fois sans amour où puiser. Aux premiers jours de leur vie conjugale la jeune femme s'était employée à être floue et elle resterait une cible que l'on rate, mais cela n'avait pas suffi. Contrairement à sa mère, la fille nourrissait une tenace défiance envers les anxiolytiques, elle avait opté pour un autre lointain, Akaraba. La fugue avait duré. Après trois semaines, une visite du gendre à son beau-père s'était imposée.

— Vingt jours que votre fille n'est pas rentrée.

— Et vous venez la chercher ici. C'est me faire trop d'honneur mon cher, et bien mal la connaître. Même sa mère n'a pas eu droit à la moindre visite depuis votre mariage. Vous avez là une belle ingrate.

— Sa fausse couche a tout détraqué. J'aurais aimé parler à votre épouse.

— Et pourquoi donc ?

— Je ne sais pas au juste mais... entre femmes... vous voyez...

— Non.

— Quelque chose qu'elles se seraient dit... mère et fille.

— Croyez-moi vous n'apprendrez rien de ce côté-là.

Fin de l'échange mais après trois nouvelles semaines sans signe de sa femme, le gendre s'était passé de l'autorisation du beau-père pour aller visiter la mère de Claire dans la maison de repos devenue sa résidence principale. Benoît dès sa rencontre avec le trio avait senti l'atmosphère pesante pour ne pas dire oppressante qui liait et séparait tout autant mère, père et fille. L'avocat avait un peu vite mis cela sur le compte du caractère difficile du militaire, on le savait. En entrant dans la chambre de sa belle-mère Benoît réalise qu'il ne l'a jamais rencontrée autrement qu'en présence de son mari. La pièce même pleine de fleurs fraîches était aussi triste que son occupante. Qu'avait-on au juste enfermé entre ces murs ? Une femme ? Une mère ? Un embarras et on s'en débarrasse ? Benoît ne touillait que ce qui était susceptible de lui apporter un profit. Fouiller les petits secrets de ses adversaires pour les affaires, faire d'un remugle une plaidoirie il savait, mais approchant du chevet de sa belle-mère dans un peignoir incongru à midi passé, l'avocat comprend qu'il va devoir mettre un pied et même les deux où il n'a pas forcément envie d'aller.

— Bonjour Benoît.
— Bonjour. Vous êtes bien ici.
— Vraiment ? Comment va ma fille ?
— J'aimerais pouvoir vous le dire.
— Tiens donc.
— Claire est partie.
— Pour où ?
— J'espérais que vous me l'apprendriez.

L'heure suivante, la belle-mère avait davantage parlé à son gendre qu'au cours des années où il avait pratiqué le mari et approché la fille.

— Vous dites ? Aka…
— Akaraba. Dans le Sahara. Les Ajjers. Mon mari y a été en poste avant la naissance de Claire. Il était alors simple lieutenant.

— Et ?

— C'est loin tout ça. Et je ne suis pas certaine d'avoir envie d'y retourner.

— Avec Claire ?

— Pardon, je suis confuse. Ma fille certainement est là-bas. Soyez assez aimable pour ne pas en parler à son père, épargnons-nous cela voulez-vous ? Je me sens bien fatiguée. C'est gentil d'être venu.

— Akaraba donc.

— Oui. Claire y a été conçue. Nous étions un jeune couple et ce qui aurait dû être heureux s'est révélé tragique.

Cet événement qu'il découvre Benoît comprend aussi qu'il le concerne s'il est amené à vieillir avec Claire, et adopter maintenant qu'elle ne pourra plus porter leur enfant. Oui, adopter voilà ce qu'il lui proposera, qu'ils feront, il a un contact pour accélérer le dossier, elle lui en sera reconnaissante et, qui sait... Être père n'a jamais fait d'un homme un meilleur mari mais il a maintenant quelque chose à défendre, et si ce n'est pas assez, avec ce qu'il vient d'apprendre il a une monnaie d'échange... Et la fera revenir.

La suite est une formalité, Benoît essaie de s'en convaincre alors qu'il approche du mont Quamar dans un 4 × 4 aussi fatigué que lui par – il est obligé de l'envisager – le plus lourd dossier qu'il ait eu à plaider, son mariage. Autre horizon autre perspective, l'avocat en plein désert a quitté sa zone de confort. Ajoutée au soleil, la sueur qui s'insinue jusqu'en ses cils contribue à l'aveugler. Quels repères a-t-on quand on est entouré de mirages ?! Il préfère fermer les yeux, ça il sait faire, et récapituler ce qu'il va dire à Claire. Le sait-elle que sa naissance est cause d'une forfaiture ? Une jeune vie écrabouillée. Même si l'accident a eu lieu il y a trente ans, même s'il s'agit d'un Touareg, ce pourrait bien être un caillou dans la chaussure ou plutôt les bottes du colonel Montclar à l'heure d'une retraite qui ne s'annoncerait plus aussi dorée.

Que Claire peut-elle trouver de bon à vivre ici ? Comment savoir avec cette femme. Elle pourra se vanter de l'avoir fait courir. Il veut la récupérer comme un butin que l'on s'arroge, un but que l'on se donne mais il est surpris d'y mettre une émotion dont il se croyait incapable. Sa femme lui manque, ou plutôt elle manquerait à sa vie si elle ne devait plus en faire partie, cela il ne l'envisage pas. Il a défendu et obtenu la relaxe d'un paquet de crapules il peut bien sauver son couple et ramener celle qu'il n'aura jamais autant appelée sa femme depuis qu'elle est partie, qu'elle l'a… quitté, il ne veut pas, ne peut l'admettre. Tout en lui le refuse, le bâtard qu'il reste, l'embryon de père qu'il espère devenir, le mari qu'il se découvre vouloir être. Après tout Claire, d'une certaine manière, n'est-elle pas à l'origine de l'accident qui a fait imploser cette famille de Touaregs il y a trente ans ? S'ils n'avaient pas choisi de se mettre au vert – façon de parler dans ce désert – pour faire leur gosse, ses parents ne seraient jamais venus à Akaraba et leur voiture n'aurait pas roulé sur le gamin. Que Claire refuse de le suivre et il leur dira tout aux autres qui continuent d'y vivre, sûr, ils ne voudront pas la garder ; Benoît s'en persuade et les quatre heures de mauvaises pistes sans clim, avec des squelettes d'amortisseurs ne lui paraissent plus si terribles. Ils ne se bousculaient pas à Djanet pour l'emmener à Akaraba, il a fallu sortir le paquet de billets mous et crasseux à un point qu'il n'a pour une fois pas envie d'y toucher. Celui au volant a l'air de regretter sa fortune, pas moyen de lui tirer un mot. Juste après avoir quitté la route, Benoît vient de voir une Noire à couper le souffle, pas une jeunesse mais de quoi vous occuper une paire d'heures, mais bon… pour lui désormais il n'y en aura plus qu'une et quand même cela résonne drôlement. Comme le début de phrase qu'a eu sa belle-mère « Le père de Claire le malheureux… » Elle s'était reprise et n'avait plus dit un mot.

Fin de la visite. Malheureux, un adjectif que Benoît n'aurait pas pensé associer à Montclar. Il le sent, une pièce du puzzle lui manque, l'ensemble risque de ne pas s'emboîter comme il le faudrait. L'avocat raisonne ainsi qu'il le ferait pour un dossier, il reprend les éléments à charge : lui, et à décharge : il est venu, il est là. Il fait les questions et les réponses, la partie adverse et la plaignante, ou le contraire, il le voudrait bien. Il imagine Claire, va jusqu'à mimer mentalement sa stupeur quand elle découvrira que la voiture folle était oui celle de ses parents. Et qui au volant ? Il ménagera ses surprises, frappera en deux temps et Benoît obtiendra sa reddition, retour à la niche.

La belle-mère avait été jusqu'à confesser qu'elle n'avait pas le permis de conduire, ce qui bien plus qu'un chauffard roulant sur un gamin faisait d'elle une criminelle. D'accord les Montclar ont tenté de sauver le petit, obtenu son transfert en France dans le meilleur service de chirurgie, pas forcément pour le gosse d'ailleurs mais pour épargner une carrière militaire encore à faire avec déjà suffisamment d'entregent pour abandonner un jeune Touareg aux mains d'une infrastructure médicale de premier ordre. Il avait été déposé vivant, la suite ne les regardait pas. Et celle qui était cause du désordre avait été sommée d'oublier le fâcheux incident, plus vraiment un accident. Trois décennies la mère de Claire a fait silence, et à une fille meurtrie par sa fausse couche elle a donné ce mot Akaraba comme on tend la main.

Il y était. A-t-on idée de vivre dans un four pareil ? Le front, les mains, Benoît a l'impression de devenir liquide.

Le chauffeur refuse de continuer plus loin, il a arrêté le moteur et ne rendra pas un billet. L'avocat a beau menacer, l'autre a mis au point mort et pointe un doigt vers la plus grande tente à cent mètres, avec devant un enrubanné, le tissu en meringue sur la tête. L'Artaban ne bouge pas d'un pouce, il n'a pas l'air commode, Benoît a dû déranger monsieur dans sa sieste. Ils dorment beaucoup ces gens-là, et aussitôt il s'interdit de penser plus longtemps de la sorte ou il aurait l'impression de ressembler à son beau-père.

— Et toi t'as pas vu une Blanche par ici ? Pas bien grosse mais difficile de la louper dans le paysage. Pas bavarde. Claire elle s'appelle.

Elle est forte l'amoureuse de mon père. Elle ne laisse rien voir, ne laisse pas le guignol la menacer et il pourra croire que tout glisse sur elle. Il insiste et je me cale sur l'attitude de mon père, en retrait, silencieux, évidemment prêt à intervenir, à la soutenir, mais ne préférant pas. Qu'elle affronte ce qu'elle a laissé derrière elle. Elle a pas dû être gaie la vie de Claire. La Blanche qui a roulé sur un pas plus grand que moi serait sa mère. Je ne sais pas ce qu'ils avaient deviné ou compris Claire et mon père mais aucun n'a bronché quand le mari l'a annoncé comme une victoire qu'il remporterait… sur quoi ? Un passé qui n'est pas le sien mais quand même si. Des trajectoires brisées et qui se rencontrent et à la fin elles font une boucle comme celle que je m'amuse à relier pendant des heures dans le sable avec des brindilles d'acacia. L'autre n'en peut plus de Claire muette, les pieds rivés dans le sable, et pas un regard pour lui. Pourtant elle le fixe mais sans le voir, c'est lui qui s'est mis à regarder ailleurs, à chercher un renfort. Avec mon père et moi il n'est pas aidé. Depuis que le mari lui a demandé s'il avait vu Claire juste avant qu'elle ne sorte de la zériba, pas un muscle du visage de mon père n'a bougé. D'habitude même sous son tagoulmoust je vois ce qu'il est. Nerveux dès qu'il s'agit de ma mère, ou la grande paix à l'intérieur de son cœur qui s'est installée avec Claire. La colère, une peur, il ne les exprime jamais. A-t-il envie de frapper l'homme qui veut lui enlever son amoureuse ? Craint-il de la perdre ? Je voudrais être fort comme mon père, et tout contrôler. Lui dirait tout accueillir, qu'on ne contrôle pas grand-chose. Ses mains sont restées tranquilles le long de son corps mais je vois comme il est prêt et ses poings aussi. Cet homme l'aura compris mais pas que le garçon écrasé il y a trente ans se tient là juste devant lui. Il vient de dire « Pauvre gosse » et il le pensait vraiment mais Claire n'a pas réagi. Après il a continué avec la nouvelle vie qu'ils auraient et que ce serait mieux, il n'arrêtait pas de le répéter. Il la suppliait avec son Mieux. Il ne ressemblait plus du tout au bonhomme jailli une heure avant du 4 × 4 sans imaginer que toutes ces phrases bien préparées ne changeraient rien. De la même manière qu'il ne peut imaginer que mon père est le Pauvre gosse, il ne veut envisager que si, elle peut rester là Claire. À un moment il n'a plus su quoi sortir, à part lui d'ici. Le soleil, sa femme tout éteinte pour son mari, ont été un vertige, il a dû s'appuyer quelque part et il n'y avait rien, personne. Il pouvait parler, menacer, il était seul. Claire n'était pas là pour lui mais avec un gamin de mon âge dans une chambre d'hôpital il y a longtemps. Elle ne s'est pas tournée vers mon père en apprenant que sa mère lui avait roulé dessus, elle n'a pas voulu que l'autre en face sache ce qu'il ne pouvait comprendre. Mon père depuis que je suis petit et que mes yeux reviennent à sa cicatrice me dit chaque fois qu'elle est une ligne de vie, et moi je trouve ça presque normal que ce soit la mère de Claire qui ait provoqué ce qui arrive. Ce qui leur arrive. Ma mère sifflerait que c'est Claire la cicatrice, qu'elle vivait déjà là sur mon père avant que je naisse, et c'est pour ça que sa magie a du mal à marcher pour les séparer.

Le mari est reparti bien déçu, bien calmé aussi. On a vu qu'il reviendrait pas, qu'il chercherait pas à obliger sa femme qui l'est tellement pas à le suivre pour la vie meilleure qu'il leur promet. Qu'il ne la toucherait avec rien, même la gentillesse, même avec des regrets. Claire était polie parce qu'il parlait pour de vrai mais elle était pas aimable, pas… à aimer, par lui dans une vie qu'ils n'auraient pas. Elle avait les yeux posés dans les siens et tellement pas, il s'en est rendu compte et a arrêté d'essayer et je dirais qu'il l'a compris.

Ils ont été longs les mètres jusqu'au 4 × 4, j'aurais pas aimé que le mari se retourne, mais non. J'aurais pas voulu que Claire lui tourne le dos, elle a continué de regarder où il était plus comme si ça changeait pas la suite qu'il soit venu. Et la toute dernière chose qu'il a lâchée quand il a plus su quoi dire. Prévenant d'abord que ce n'était pas pour embêter Claire, juste qu'elle sache, pour l'accident. Il y avait eu une dispute la nuit d'avant entre ses parents, et sa mère avait voulu partir, sans son mari, sans attendre, sans… Il y a quelque chose qui s'était passé, rien ne la ferait rester et tant pis si elle ne savait pas conduire. Et c'est arrivé. Tellement énervée, elle a démarré et n'a rien contrôlé, elle l'avait beaucoup répété qu'elle n'avait rien contrôlé. « Ta mère n'a pas fini de regretter ce qui s'est passé mais pas d'y avoir trouvé une fille. »

Claire s'est redressée, ça se passait pas au niveau du dos mais du caractère, je dirais. Elle était belle à voir. Dommage que ma mère n'ait pas été là. Elle aurait été impressionnée, et peut-être elle lui en aurait moins voulu. Depuis l'arrivée de Claire, mon père semble moins m'oublier. Ma mère devrait en être contente mais non elle est trop triste, elle m'inquiète, pas à cause de sa peine, à cause de sa colère. Il faut qu'on fasse attention avec ses rites magiques. Je ne la laisserai pas faire.

L'intrus n'est plus qu'un point noir à l'horizon. Il n'aura pas reconnu celle qu'il a épousée, il a dû accepter de repartir sans. Voir débarquer Benoît n'a rien bougé en Claire, ou alors si, ce qu'il restait de poussière d'un mariage plein de saletés. Son mari, son père, deux ombres qui ne la recouvriront plus. Fini d'être une enfant, une boule de quat dans la bouche, allant chercher au bout d'un quai plongeant dans la mer un oubli illusoire. De son enfance, il n'y a rien à sauver, elle est une écharde dans sa mémoire. En s'envolant pour Akaraba, elle l'en a arrachée et a été celle-là à la sortie d'un aéroport dans le désert remontant une rue éclaboussée de soleil à la rencontre de sa chance.

Apprendre que sa mère a roulé sur le corps d'Aït, elle y pense tout le temps, elle mourra avec, elle doit vivre avec. En même temps elle ne peut s'empêcher de se dire qu'en ayant volé une vie à Aït sa mère leur a donné la leur à tous les deux. Ce que Claire veut retenir.

Aït n'a pas eu un mot sur Benoît, tout ce qu'il a amené avec lui. Elle ne sait pas comment mais l'homme contre lequel chaque matin et chaque soir elle se blottit et devient douce est encore plus elle.

Bien sûr elle s'interroge sur ce qui se sera passé entre ses parents juste avant l'accident. En venant ici ils ont voulu qu'elle existe et ont amené une violence dont elle n'a eu de cesse de se protéger. La domination têtue qu'a besoin d'exercer le colonel Montclar, Claire la connaît. Tyrannie à laquelle sa mère a cru échapper en montant dans une voiture et elle y aura perdu ses nerfs et un jeune Touareg, une vie toute défaite. Sa fuite inconsidérée au volant taraude Claire mais veut-elle vraiment savoir ?

Aït l'a emmenée devant les pierres sous lesquelles sont enterrés ses parents. Il lui en a montré une à peine à l'écart et a raconté un peu l'homme au bout de bois que tous aimaient bien. Comment il avait obtenu des parents d'Aït de laisser ceux qui avaient roulé sur leur fils l'emmener pour le sauver. Il avait compris que c'était sa seule chance. Et Claire frémit du militaire osant négocier le silence d'une famille contre les meilleurs soins pour leur enfant. Une fois le problème délocalisé il aura demandé sa prochaine affectation loin de ce désert. Pas vu, pas pris. Elle préfère revenir à l'homme au bout de bois et les mots qu'il aura su avoir. « Il fallait qu'il ait beaucoup d'amour pour l'enfant que j'étais pour réussir ça, me séparer des miens tout inanimé que j'étais et les persuader de me confier aux… » Aït s'était arrêté sous le coup d'une émotion qu'il laissait rarement le gagner. Le soupir sorti de lui était d'un gamin encore continuant de vouloir vivre, il lui souffle qu'il a eu raison l'homme au bout de bois, que sa pierre parmi les siens est au bon endroit.

La lecture d'*Akaraba* nettoie Claire de sa propre histoire. Les pages qu'elle préfère sont celles du tendre enfermement des deux amants dans la maison d'Hélène. Le jardin parfumé des roses blanches. Elle n'en est finalement pas jalouse, pas même un pincement, tant cette passion elle la partage, *elles* la partagent. Claire n'arrête pas de se le répéter. Que ce soit vrai.

La mère d'Aménokal aurait une place, Claire aurait la force de la lui laisser. Les quelques fois où Aït a étreint la Maure ne valent pas cette inquiétude qu'ont le père et le fils la concernant et qui la concerne. Sa façon de se tenir à distance n'augure rien de bon, pensent-ils. Issabaten doit se résoudre à la fin de ce qui n'a jamais commencé pour elle, Aït. Il a raconté à Claire le pouvoir du tindé, où les sens s'emballent au rythme de la musique et on lui cède tout. Les femmes frappent le tambour, scandent la mesure. Les chants évoquent les combats passés, ils vantent le mérite guerrier des Touaregs, leur courage et leur cruauté, un sens de l'honneur. Les hommes dansent espérant être choisis. Sarabande ininterrompue, étourdissante, la ronde des femmes fouette le sang, mène certains à la catalepsie. Les plus résistants ne quittent pas des yeux l'objet de leur convoitise. À la fin on ne sait plus qui de l'homme ou de la femme choisit l'autre. L'ahal peut commencer, la garantie de nombreux mariages. La peau tendue sur un mortier de bois, le son sourd qu'elle donne à être frappée, jusqu'à provoquer d'autres transes, chaque jeune homme s'y prête au moins une fois, et il danse, il danse, halète comme le bébé tète.

Aït les a aimés les seins de la Maure, les a sucés à lui en bleuir les tétons, à moins que ce ne soit l'indigo dont elle les aura frottés, difficile de savoir avec une ensorceleuse. Des yeux en amande, un nez effilé, la peau aussi sombre qu'une lave noire, la masse compacte d'une poitrine pointant au-devant d'elle, comment résister à des seins refusant de céder à la loi de la gravité ? Il a savouré, oui, leurs aréoles à la taille de sa bouche, a éprouvé le besoin d'écraser tout son visage à ces mamelles et ils avaient croisé leurs mains, pouce contre pouce, comme le veut la coutume sans avoir besoin de proférer un mot de leur désir. Après Hélène, il y avait eu assez de femmes pour n'y en avoir aucune, il aurait dû en être de même avec Issabaten, quelques heures voraces, la musique lancinante du tindé, le feulement de la Maure et voilà tout. Le mois suivant, Issabaten annonçait sa grossesse, Aït avait d'abord observé le bébé comme on le fait d'un scarabée à l'assaut d'une dune. Qu'importe son ascension, elle vous distrait. Il les avait installés la mère et l'enfant dans une zériba suffisamment proche de la sienne, suffisamment loin surtout, se contentant de pourvoir à leurs besoins. Ils n'avaient pas manqué d'oûdi et de mil, un peu de viande pour la soupe. Il leur avait évité les noyaux de datte pilés qui coupent la faim.

Grâce au vieux Djénoun, Aït après la naissance d'Aménokal avait recraché à temps le borbor préparé par la Maure pour l'ensorceler. Incorporé à la galette, pincée de cervelle de chèvre et une rognure d'ongle d'Aït. Djénoun avait commencé de soupçonner la magie en surprenant Issabaten cuisinant nue, règle essentielle au succès du borbor. Aït était encore un gamin quand l'ami de son père lui avait appris qu'il fallait laisser leur pouvoir aux femmes et que la magie, « C'est la pharmacie du couple ». Djénoun en souriait. À se méfier des moricaudes, ainsi qu'il s'autorise à les appeler, il s'est gardé de toutes. Après le borbor, Aït avait évité Issabaten, se contentant d'observer son fils grandir de loin.

Il est temps d'apprendre à Aménokal le maniement de la takouba. À son âge le père d'Aït y avait veillé déjà. L'épée vient de lui, et avant du père de celui-ci et il en est ainsi depuis un temps ancien qui donne sa valeur au présent.

Aït veut que Claire sache se débrouiller avec le puits. Le seul suffisamment profond à plus de vingt kilomètres à la ronde. Quand la saison des touristes reprendra, il devra enchaîner les treks. Il ne fera plus de caravane, elles réclameraient de l'éloigner trop longtemps et il lui faudrait traverser des coins devenus dangereux au nom d'un Allah qu'il ne reconnaît pas. Même le Sahara en est réduit à une miniature hors de laquelle on ne s'aventure plus. Aménokal fait bien de se tourner vers une terre qui, si elle n'est guère hospitalière en reste moins hostile. Son fils le leur répète assez que sa femme de France l'attend ! *Il a l'âge des mirages mais sait déjà les oasis incertaines*, Aït l'a écrit dans *Akaraba.* Il lui dira où trouver les peintures d'Hélène et le jeune homme fera son chemin. Pour l'instant, son père ne veut pas qu'il s'éloigne trop longtemps d'Issabaten, ni que Claire approche seule du puits. Les autres zéribas, celles d'Issabaten, Aménokal, et Djénoun sont exprès à côté du point d'eau. Afin que le vieil homme, la femme, et l'enfant qui ne l'est plus tant, se ravitaillent facilement, la vie dans le désert se concentre autour. Aït a appris à Claire à se méfier d'une eau fétide, de s'assurer qu'aucun animal crevé ne traîne dedans. Leurs allées et venues au puits les occupent, il leur faut remplir chaque fois quatre guerbas. Claire arrive maintenant à utiliser la corde de sept mètres terminée par une anse et à y accrocher le récipient permettant de puiser l'eau. Elle sait remonter en une fois cinq litres par de faibles à-coups pour ne pas heurter la paroi et en perdre une goutte. À la fin elle donne une traction plus puissante et récupère le récipient sans en laisser tomber ailleurs que dans la guerba qu'elle n'a pas oublié d'humecter avant, qu'elle retrouve une souplesse. Vide, elle se racornit, rétrécit et devient fragile. Autour du puits, une poussière de mica rivalise de lumière avec l'eau qui éclabousse l'argile et la peau de son amour. Les épaules d'Aït font un roulement à billes. Il se met torse nu pour elle et sous l'effort de la traction des cinq litres à remonter son nombril disparaît. Claire ne peut s'empêcher de revenir à la cicatrice en bordure du cou, elle aussi brille, les gouttes y glissent.

« Une fois les guerbas pleines, avant de les attacher au chameau, tu laisses la bête boire et surtout n'oublies pas de l'entraver avant de te pencher sur le puits, on en a vu se faire bousculer par leur chameau et tomber dedans. C'est arrivé à Djénoun, tu lui demanderas. » L'ami de son père passe la saison chaude en France à visiter les touristes qu'il a baladés pendant l'hiver, un coq en pâte. Qui se fait vieux, s'inquiète Aït, il ne sera pas toujours là. Sans Aménokal, sans lui… et il ne termine pas mais elle sait bien à quoi il pense… reste Issabaten.

Aujourd'hui, Aït veut que Claire fasse le chemin de retour seule avec les trois chameaux, voir comment elle se débrouille. Il a pris de l'avance et l'attend sous la zériba.

Claire ne sait d'où la Maure a surgi. Elle ne la voyait pas si élancée. Issabaten la domine de sa taille et les seins sont à l'avenant. Elle n'avait pas pensé aux mains d'Aït pleines d'une poitrine pareille. Elle a une bouche couleur de mûre à cueillir, une main élégante tant elle est osseuse, ornée d'une énorme bague, on dirait qu'elle porte un plateau d'argent à son doigt. Est-ce Aït qui la lui a offerte ? Une fine mèche tressée barre son front, elle laisse Claire la regarder. Sourire serait inutile, la saluer dans cette langue que son fils lui apprend déplacé. Cette femme ne l'aime pas, ne veut rien d'elle, et souffre. Claire aurait préféré qu'elle ne la surprenne pas le vêtement auréolé de sueur après l'effort pour tirer l'eau du puits, son buste en souffre d'autant moins la comparaison. Issabaten vient de cracher à un mètre d'elle et de jeter une sorte de sac, cordelette dénouée, cela s'agite là-dedans. La Maure recule.

— Ne bouge pas ! Claire, ne bouge pas !
— Aménokal !

Sa mère a déjà filé.

— Surtout, tu ne fais pas un geste. Pas un.
— Il y a quoi dans ce sac ?
— Une vipère des sables, et elle n'est plus dedans. Son venin…
— Elle est où ? Je ne l'ai même pas vue sortir ! Je suis pieds nus Aménokal.
— Je vais l'attirer de mon côté. Tu vois là ? Depuis que je suis petit, mon père m'a appris à leur écraser

la tête sans me faire mordre. Tu peux commencer à reculer, on va tous les deux taper des pieds et avec les vibrations dans le sol des deux côtés elle ne saura plus où aller. C'est elle qui va perdre la vie, pas toi.

— Ta mère…

— On en parlera après. Regarde, la vipère a senti le danger, elle s'est enroulée sur sa queue. Heureusement on est loin, elle va se redresser sans qu'on ait le temps de voir ses crochets, les gencives pleines de poison. Elle attaque que si on l'agresse mais il aurait suffi que tu avances sans la voir.

— Laisse-la.

— Quoi ?

— Elle ne me fera plus de mal et… Tu vas m'apprendre à les repérer.

— Tu ne diras rien ?

— De quoi tu parles ?

— Mon père. Il ne prendra pas le risque de laisser ma mère s'attaquer à toi une deuxième fois. S'il apprend ce qui s'est passé… C'est ma mère, je vais faire ce qu'il faut.

— Elle est dangereuse.

— Je détruirai sa magie.

— Sa magie ?

— Je veille sur toi Claire et maintenant ma mère le sait. Je lui parlerai de ce qui vient de se passer sans lui manquer de respect. Je ne veux pas qu'elle soit obligée de quitter Akaraba. Mon père l'exigerait et… Il y a un proverbe touareg que je n'aime pas. *Quand tu ouvres les cieux et que tu les vois vides, tu ouvres tes poignets et tu pleures.*

Une ligne sombre à l'horizon. Claire a d'abord pensé à une caravane, elle revoit leurs chameaux devenus une chenille alors qu'ils escaladaient la plus haute dune. La saison chaude s'achève. Cinq mois déjà depuis l'agression d'Issabaten, Claire ne l'a pas revue. Aménokal reste de plus en plus longtemps sous la zériba de son père, la mère doit en être ravagée, sans son fils elle perd doublement Aït.

Les dernières semaines ont été une brûlure exquise, l'été, la fournaise à Akaraba paralyse tout sauf l'amour qui en profite. Sous leur voûte de peau tendue, il lui semble qu'elle ne craint rien. Avec l'automne, les méharées pour les touristes ont repris, Aït attend le retour de Djénoun pour s'absenter. Aménokal continue de rêver à sa femme de France, et Aït après lui avoir donné sa takouba, s'est décidé à lui parler d'Hélène, ses peintures qu'il trouvera et le père aura fait quelque chose pour le fils. Le jeune homme est tout à ses lendemains inconnus et familiers. Aménokal comme son père est fort d'une enfance façonnée à des immensités, elle doit venir de là sa réserve intimidante, un sens aigu de la dignité. Grâce aux toiles d'Hélène, Aménokal devrait se faire une place au soleil dont on ne se protège pas avec un tagoulmoust mais avec un passeport.

La ligne sombre a grossi, elle avance vers eux mais pas assez vite pour arriver jusqu'à leur zériba avant la tempête de sable. Aït la prévoit virulente, très. Aucun oiseau depuis hier, ils sont partis se mettre à l'abri. La première tempête de sable de Claire. Ils ne bougeront pas de dessous leur tente, ont descendu les asabers, longues nattes déroulées le long des parois, ils calfeutrent chaque rai de lumière qui laisserait passer des grains de sable en fureur, ils en deviennent des flèches, trouent la peau. Derrière les chameaux, une colonne de fumée approche bien plus vite qu'eux, ils ont intérêt à accélérer, la tornade de sable va recouvrir et la terre et le ciel, épaississant l'air et on ne peut plus y respirer. Dehors n'est que rafales, il faut littéralement foncer dedans pour avancer.

— Celui-là avec ses jambes à demi découvertes va nous arriver les mollets en sang.

— J'aurais porté la même chose si je ne t'avais pas eu pour guide.

— Ça m'étonne que Djénoun ne le lui ait pas dit. Pourquoi il ne mène pas les chameaux, ils avanceraient autrement plus vite.

— Tu vois Djénoun ?

— Affalé sur sa selle et c'est une première. Pour venir ici avec une tempête il n'y a que ce vieux fou. Je vais devoir aller les…

— Quoi ?

— Regarde qui arrive par la droite… Aménokal ! Il aurait dû rester auprès de sa mère. La tempête va nous obliger à rester enfermés au minimum deux jours, Issabaten supportera mal de le savoir avec nous.

— Tu ne peux pas reprocher à Aménokal de vouloir grandir à tes côtés.

— Je sais… Pour avoir laissé un touriste arriver jusqu'ici Djénoun ne doit pas être bien.

— Le Blanc qui tient les chameaux a la silhouette d'un Touareg.

— On va lui faire avaler quelques cuillerées d'oûdi à ton Touareg pâlichon.

Dans le Sahara, il y a beaucoup qui s'effrite et se dessèche, se creuse, Aït ne sait de quel désert arrive l'homme venu avec Djénoun mais il a déjà fait son œuvre sur le bonhomme. Un bon point, il ne se plaint pas de ses mollets écorchés, pas exactement un touriste, il se tient assis les genoux pliés des heures et le dos droit. Il a dans les gestes, Claire avait bien vu, la lenteur des hommes bleus et dans celui-là, Aït reconnaît loin dans sa mémoire une silhouette dont il aurait pu être un reflet, l'homme au bout de bois. Et là aussi Djénoun le leur avait amené. Ce qu'il reste en Aït du jeune garçon qu'il a été et que cet homme aujourd'hui sous une pierre proche de celle de son père a su retenir du côté de la vie, lui dit d'accueillir le nouveau venu comme un reste de l'homme au bout de bois qu'il serait un peu. Il est grand. Debout il doit se tenir au centre de la zériba, baisser la tête ne doit pas être son genre. Il plaît à Aménokal, et Aït aime comme il s'est inquiété de Djénoun, continue d'avoir un œil sur lui. Il ne triche pas. Djénoun n'a d'yeux que pour Claire.

— Aït mon ami, je me fais vieux.

— C'est ça.

— Ton fils est devenu costaud. Issabaten est seule ?

— Oui et ça ne me plaît pas.

— Dis-moi tu en penses quoi du copain que je nous ai amené ?

— Il a bien fait lui de te ramener.

— Ou je restais à Djanet avec la fièvre mais j'ai du mal à y traîner trop longtemps.

— Et vous avez réussi à tenir tes chameaux.

— Je grelottais, avec des courbatures comme si un troupeau de chèvres était assis sur ma carcasse. Ce gars il aime bien pas trop savoir où il va et il avait envie d'une balade.

— Une balade... Il me rappelle quelqu'un.

— À toi aussi ? Tu étais petit pourtant. Lui, on va pas le garder.

— Akaraba en a gardé d'autres.

— Je vois.

— Elle est d'ici tu sais.

— Je le vois aussi.

— Pourquoi tu dis ça ?

— Rien mon ami, rien. On en parlera une autre fois. J'ai mal dans les os. Celui-là doit prendre le prochain avion qui repart de Djanet ou il perd son billet.

— Tu ne tiens pas debout Djénoun.

— Aït mon ami, j'ai tout arrangé. La tempête passée, une voiture l'attendra sur la route à cinq heures de marche.

— Ça me fera une promenade ou je me trompe ?

— Et moi je causerai avec ta femme ! Compte sur moi pour veiller à ce qu'Issabaten ne nous fasse un de ses mauvais tours.

— Je dois lui parler, je le ferai après avoir reconduit…

— Will, il s'appelle Will.

Will avait eu une existence aventureuse. À vingt-six ans il en paraissait le double, ça ne l'empêchait pas d'être infiniment magnétique. Un qui se tient hors d'atteinte et rit de tout pour en être moins grinçant. Nulle attente à cette heure si ce n'est avancer dans un courant incertain, et se laisser porter sans rien décider. Il avait connu des eaux stagnantes, les rapides, les chutes aussi, fait l'expérience de bien des excès. Ascète en Inde, libertin en Polynésie. Tout jeune homme il avait pêché ce qu'il restait de saumon en Alaska. Cinq cents tonnes de poissons charriées en trois mois, ciré et bottes fixées par du Scotch pour ne pas être une bonbonne d'eau. Après l'Alaska, il avait opté pour une paresse sans bornes, avait vécu des mois dans un hamac à se balancer dans le temps à Sumatra au bord du lac Toba. La jeune Kate passant par là avait décidé seule de leur mariage et il fut le seul à le liquider. Prochaine étape les bords du Gange, des singes dans les arbres, quelques lianes où se pendre sans se faire mal, ni se laver. À manger si peu il en avait perdu deux molaires remplacées par deux autres en métal et il s'était mis à aimer son sourire de pauvre, une couronne choisie. Au mot patience il avait su donner un sens que peu lui connaissent, ainsi il domptait quelque chose. Lui. Le jeûne et l'abstinence l'avaient mené dans le Gujarat et un temple jaïn, avec vingt moines il y avait désherbé les mauvaises herbes repoussant sans cesse sur la pierre sacrée, et leur geste en était plus lent. Ils dormaient collés à un mur, défendant leur brin d'ombre à midi. Après trois années de la sorte, il avait commencé de songer à une route, elle l'avait conduit sur l'île de Vancouver. Une famille d'Indiens Carmanah installée sur la plage dans un van lui avait fait une place. La réserve indienne au cœur du parc national, soixante-dix kilomètres de long sur une côte vierge agrémentée de campeurs l'été, clients tout trouvés pour un trafic de bières que Will s'était plu à organiser. Soit trois heures de marche sur une route escarpée au travers de la forêt avant de rejoindre la route où s'approvisionner en canettes. Il en chargeait quatre-vingts sur son dos et en avant. Le cœur et le sac bien accrochés, jusqu'aux soiffards pour une poignée de dollars. Les retours tout en descente, la charge sur les épaules, lui avaient laissé des cuisses que l'on eût dites coulées dans du ciment. L'hiver, Will et ses Indiens l'avaient passé à débiter du bois de chauffage. Les jours de gros temps pour oublier la pluie ils allumaient un tel brasier ils se séchaient devant quand bien même l'eau ne cessait de tomber et inondait la terre. Suite à son travail de forçat Will trouvait dans la contemplation des hautes flammes un repos pour toutes les nuits. Après le houblon, les pommes en Colombie-Britannique dans la vallée de l'Okanagan, des seaux et des seaux remplis jusqu'à gagner cent dollars la journée. C'est là que Will avait entendu parler du peyotl. Peut-être en l'absorbant parviendrait-il à s'y absorber, ouvrir la porte de son esprit. Ancienne mine d'argent au Mexique le Real de Catorce est une ville poussiéreuse à deux pas d'une arête tombant à cinquante mètres. Elle est desservie par un seul bus hebdomadaire dont les passagers descendent tous à genoux après un tunnel de vingt-cinq kilomètres. Le gros bouton de peyotl se coupe en parts, plus il est vieux, plus elles sont nombreuses et amères, plus elles font de l'effet et vous font vomir. Après quelques bouchées de peyotl, Will était entré dans un ventre plein de tous les enfants à naître, il avait enfourché une licorne et étranglé une sirène, les tripes vides il avait frôlé l'Esprit. Cap sur la mer de Cortés, en Basse-Californie il avait atteint mille cinq cents kilomètres d'une étroite bande de sable s'enfonçant dans l'écume. Une croûte de sel s'était formée sur sa peau, elle avait traversé un océan sur un sloop avec lui, Will s'improvisant skipper jusqu'à rallier Alger. Et il était là. À l'écouter, Aït comprend mieux ce qu'avec Djénoun ils ont ressenti face à Will. Un mystère dont ils n'auront rien su et qui aura conduit jusqu'à eux il y a plus de quarante ans l'homme au bout de bois. Avec Will ils pourraient être les mêmes sauf que l'un est resté, même sous une pierre, quand le deuxième les aura quittés après-demain. Il raconte aussi bien qu'il a pris soin du vieux Touareg. Même une tempête de sable en est calmée.

Les *mon ami* de Djénoun à Aït lui ont valu l'affection immédiate de Claire. Will s'est posé dans un coin de la zériba, Aménokal a proposé de lui montrer sa takouba quand la tempête aura complètement cessé. Aït n'a pas voulu intervenir, mais il dira à son garçon qu'une fois retourné de l'autre côté du mont Quamar, il compte que celui-ci y reste avec sa mère. Il n'aime pas que son fils ait laissé la takouba dans sa zériba avec Issabaten à côté.

Ce Will a un visage comme une coquille de noix. Ses deux dents en métal gâchent un peu les choses mais elles ajoutent à l'effronterie du sourire. Il est assis en tailleur depuis des heures sans appui pour son dos, cela n'a pas l'air de le déranger. Claire au bout d'un quart d'heure est tout ankylosée. Pas un gramme d'air dans la zériba, elle respire par petites goulées ou elle avalerait sa sueur, elle est la seule des cinq à avoir une moustache de transpiration. Elle ne se fait pas encore à la promiscuité, elle constate qu'en dehors d'Aït, les autres lui pèsent vite. Où ailleurs a-t-on sous le nez la plante de pied pas toujours nette du premier venu ? Les talons de Will lui rappellent exactement ceux du vieux au premier puits, elle a l'impression que c'était hier il y a cent ans. Ces mois lui ont appris à parler encore plus bas qu'elle ne le faisait, économiser ses gestes, à verser le thé aussi et monter le bec de la théière sans en mettre partout. Faire une écume du ruban liquide qui remplit le verre. Will a repris le cours de ses aventures, il en parle comme si elles étaient arrivées à un autre, y met une indifférence qui le rend captivant sans que Claire sache s'il le fait exprès ou pas. « Y a tout qui explose. Les ongles, la peau, les cheveux, le moindre bobo au pied s'envenime, tout ça quoi. Le talon fendu au sang. Maintenant ça va, la corne je la gagne au couteau, un coup de lame tous les jours, un Mexicain m'a montré, un grand type adorable. Et je badigeonne d'huile d'olive. Vous en avez ? » Un beau bavard, il aura plus parlé en deux jours qu'eux en six mois. Surtout de ce qu'il appelle *l'esprit sauvage*, l'attention à l'autre, ne jamais hésiter à faire ce choix-là. Et il y a l'attente, cette plante austère, dit-il, de laquelle naît une fleur magnifique nommée désir. À l'évocation de cette fleur étrange, difficile de ne pas échanger un regard avec Aït, il a pensé comme elle aux roses de Jéricho. Will avec beaucoup de sérieux affirme rechercher l'instant où rien ne peut s'inscrire dans sa conscience. Transformer une seconde en éternité. « Pour cela la solitude attendrit le Temps d'une très belle manière. Aménokal quand tu te retrouveras dans des forêts en France un jour de soleil comme vous avez ici, place-toi face aux grands arbres et tu ne quittes pas des yeux leur élan vers le ciel. Des milliers d'insectes passent au travers d'un rai d'or, par un phénomène de diffraction lumineuse ils sont parfaitement visibles même les plus petits, ils tracent d'étranges trajectoires, chacun a sa vitesse, son mouvement d'ailes et vole en suivant sa ligne vers un but d'une importance certainement capitale. Que des hirondelles s'en mêlent, happent le plus grand nombre et tu observeras alors les jolies traces de lumière disparaître une à une dans le bec des gloutonnes. Elles tiennent avant de l'avaler l'immensité du monde. » Drôle de garçon, il ne s'adresse pas à elle directement, comme si quelque chose l'en empêchait, une pudeur ? Il lui plaît bien mais elle n'a qu'une hâte qu'il soit dans son avion et Aït revenu. Quand il a ôté son tagoulmoust, Claire a observé que Will n'a pas bronché devant la cicatrice, et pour cela elle en aurait bien fait un frère que l'on ne peut s'empêcher d'aimer.

La tempête est passée. C'est encore un nouveau silence maintenant que le vent ne souffle plus. Le désert n'en finit pas d'être un autre.

Mon père ne veut plus que je laisse la takouba dans ma zériba, et depuis qu'il me l'a dit, je ne me sens pas tranquille. La prochaine fois que Will viendra à Akaraba, je repartirai avec lui. Je n'ai plus envie de m'inquiéter pour ma mère, je suis devenu une grimace pour elle. Elle est habile à blesser, se fait mal toute seule. Je veux être loyal mais pouvoir l'aimer à ma façon qui n'est pas la sienne, sa crispation permanente. Mon père m'a demandé de rester de l'autre côté du mont Quamar jusqu'à ce qu'il m'y rejoigne après avoir raccompagné Will. Il s'y arrêtera, lui parlera. Les voir tous les deux ensemble mes parents ça ne m'est pas arrivé depuis… je ne sais pas. Y a d'autres hommes qui l'auraient gardée ma mère, même avec un enfant mais non, elle n'en a que pour son Aït et il en veut pas, il ne veut rien d'elle, sauf moi et ça a pris du temps. Elle ne l'accepte pas mais elle n'y changera rien. Elle commençait à se résigner, à perdre de sa violence et on arrivait à vivre, pas tout à fait tranquillement mais quand même, lui dans sa zériba, moi à côté de celle de ma mère, elle me laissait aller de l'un à l'autre mais c'est fini. Depuis l'arrivée de Claire, tout a changé, est redevenu pire qu'avant, je ne supporte plus de sentir Issabaten prête à un mauvais coup. Dès qu'elle approche, je suis sur mes gardes, ce n'est pas normal, c'est ma mère. Du coup je m'éloigne, j'ai moins envie de rester avec elle. Je ne peux rien y faire à son malheur. Mon père est devenu un homme heureux. C'est bon de partager le bonheur, ça ne m'est pas arrivé si souvent.

C'est la grande scène des adieux entre Claire et lui, ils sont comme deux gosses et tout ça parce qu'ils vont être séparés une journée ! Même Djénoun et sa fièvre sont priés de sortir. Will a trouvé un journal de son sac encore plus gondolé que lui, et il a choisi l'endroit où depuis gosse je suis le mieux pour attendre mon père.

Djénoun et Will sont arrivés il n'y a pas deux jours et Claire n'attend que de se retrouver seule avec Aït après qu'il aura emmené Will. Aménokal et Djénoun retournaient eux de l'autre côté du mont Quamar. Elle les aime bien mais la zériba qui d'habitude lui paraît sans limites ne lui allait plus. Il lui tarde qu'ils soient seulement tous les deux. Il sera revenu ce soir mais ce n'était pas prévu, elle n'a pas eu le temps de s'y préparer, et là il faut lui dire au revoir avec les autres dehors et tout en est changé. Ils ont peu de temps et ils ont toute la vie. Toute la vie n'est pas assez.

La petite voix en elle a repris du service. Pourquoi met-elle une hésitation a son Toute la vie ? Pourquoi Claire a-t-elle besoin de se le répéter sans y croire complètement ?

Aït est sa verticalité qu'elle gravit. La nuit dernière ils se sont frottés et frottés, un mouvement indétectable, même à un Will, à un Djénoun, et le plaisir était là encore. Faire l'amour… c'est l'amour qui nous fait. Et on s'endort presque tranquille.

Pour faire taire la petite voix, et que ce soit vrai, Claire le dit à voix haute. « À tout à l'heure. » Leur tout à l'heure peut bien être long ils ont rendez-vous. Le grand corps lui sourit, la serre un peu plus, il n'a pas besoin de mots lui, il est fort, il ne cherche pas à l'être.

Aït s'agenouille, il soulève l'étoffe sur le ventre de Claire, il sait trouver là sa part d'elle qu'il préfère, y dépose un baiser. Dans la peau de son amour.

Ce n'est pas vrai que ça rend sage d'être vieux, on est un ancien, on est foutu. Maudite fièvre ! Elle a fini par passer mais voilà, le soir tombe et Aménokal est toujours là, tête dans son journal. Djénoun devait l'envoyer chez la Maure, le gamin aurait dû y être depuis longtemps. Aït ne sera pas content. Djénoun sait ce qu'Issabaten peut faire et défaire. Il a une sensation mauvaise à voir Aménokal encore de ce côté-ci du mont Quamar. Quand le petit est né, arrivé d'un coup les yeux grands ouverts, Djénoun n'était pas bien loin, ça l'avait surpris qu'on sorte de là en voulant voir ce qui se passe. Le gosse gigotait fallait voir, des jambes de vrai Touareg. Ce qu'Aït n'a pas fait, Djénoun qui n'était pas encore un vieux bonhomme l'a fait, frotter le sang bien doucement avant qu'il ne sèche, il n'avait pu oublier le poids de ce tout petit corps dans sa main.

— Dis donc Aménokal, tu devrais pas être ici.
— Tu es réveillé Djénoun ? Tu as l'air mieux.
— Pars vite retrouver ta mère. Ton père…

— Mon père doit y être déjà. Il ramènera la takouba.

— Comment ça la takouba ?

— Elle est dans ma zériba.

— Aménokal, tu cours et tu ne t'arrêtes pas, tu entends ?! Vite !

— Mais Claire est là, elle ne risque rien. Ma mère ne pourra pas s'at…

Le petit s'est arrêté… Il a sauté sur ses pieds et de penser la même chose, Djénoun et Aménokal n'ont plus eu envie de se regarder. Le vieux Touareg sait qu'il fera noir avant que le jeune homme ne soit revenu, il sait que ça va être long. Même s'il espère qu'Aït sera là bientôt, déjà en route après avoir parlé à Issabaten, arrangé ce qui doit l'être. Oui ça va être long, très long, avant de voir approcher l'ombre de son ami. Recommencer à respirer.

Claire en a mal au ventre de l'absence d'Aït, de sa peur sans lui, même quelques heures. Cette journée dure trop longtemps. Et plus elle s'inquiète, plus elle pense à tout ce qu'Aït aura voulu qui l'a menée jusqu'à lui. Il a lutté contre un corps disloqué autant que les siens. Il a aimé une merveilleuse, été aimé d'elle, il l'a écrit, les a écrits. Comme une forteresse de cristal que l'on dresse pour faire rempart au mal. Et son livre Claire le serre contre son sein à en avoir des bleus au cœur.

Il y a un nouveau silence derrière le mur de peaux mortes de la zériba. Un silence hostile à devoir annoncer le pire qu'ont ceux porteurs d'une mauvaise nouvelle et ils se raidissent de ne pouvoir épargner celui qu'ils vont abattre. Dans le calme qui n'en est tellement pas un résonnent des chuchotements, ils hurlent ce qu'ils ne veulent pas dire qu'elle doit savoir et ne veut pas connaître. Quelque chose qui approche trop vite et refuse d'arriver jusqu'à elle. Et tout qui s'arrête net.

Plus Aménokal approchait de sa zériba plus il redoutait de ne pas y trouver la takouba, il avait décidé d'allcr directement à la tente d'Issabaten. Il n'aurait pas à y entrer. Les traces à l'extérieur le guideraient. Triste chasse. Le jeune homme qui n'a jamais transpiré sent la sueur couler dans son dos. Il n'a plus de muscles, seulement des nerfs, et un effarement dans la tête. Pour ne pas y penser à ce qu'il trouvera.

Avec la nuit tout à fait tombée Aménokal marche plié en deux, et même s'il a compris où les empreintes de sa mère le mèneraient, il ne peut en détacher les yeux, s'obligeant ainsi à ralentir, ne pas arriver trop vite mais il y est, avec cette impression d'une tempête de sable restée coincée dans sa gorge. Issabaten lui a conté un nombre de fois incalculable sa rencontre avec Aït. Le tindé bien sûr, et davantage encore ses premiers mots « Je suis la Maure » comme si elle avait deviné l'effet qu'ils provoqueraient. L'amoureux d'Hélène en avait été aimanté et s'y était laissé prendre. Pour une nuit. Le fils met ses pas dans les leurs, jusqu'à buter sur sa mère, inerte, le visage dans le sable. Impossible de ne pas reconnaître l'énorme bague comme un plateau à son annulaire, le bijou brille dans les ténèbres. La découvrant, il est terrible pour le jeune homme d'en être soulagé. Avoir espéré sa mort à elle pour sa vie à lui son père. De l'autre main elle tient encore la takouba.

Le jeune homme recule, il a besoin d'air, sa cage thoracique est celle d'un petit qui voudrait revenir dans le ventre dont à cette seconde il aurait préféré ne pas sortir. Son regard balaie les alentours du puits, il cherche son père, Aménokal voudrait percer l'obscurité comme la takouba l'a fait de sa mère. Il s'en veut de son odieux soulagement, il ne voit pas sous le corps étalé de la Maure, un relief. Quelque chose le retient d'appeler Aït. Crier son père. Est-il blessé ? Issabaten, ne le trouvant pas, aura-t-elle retourné contre elle le coup qu'elle lui destinait ? Son fils voudrait la pleurer et ne pas la maudire, si elle est morte et son père vivant, il pourra continuer d'aimer sa mère. Peut-être Aït a-t-il déjà retrouvé Claire. Il aimerait le croire. Le fils se penche sur sa mère jusqu'à toucher ce qui est perdu et il va en être percuté plus que l'imaginable. Où il a voulu voir un corps il y en avait un autre qui l'aura précédée dans la mort la Maure.

Le jeune homme qui était leur enfant s'écarte, il a les genoux dans le sable mais il ne tombera pas. Demain est ailleurs, avec une aube, elle aura des cheveux rouges et elle sera toutes les aubes. Seulement avant il y a une autre femme à aller trouver. Et Aménokal en veut aux deux couchés en terre de l'obliger à porter à Claire l'estoc qu'aucune takouba ne saurait parer.

Il y a une pierre de plus au milieu des autres, le jeune Aït a fini par rejoindre les siens. On ne l'a pas séparé de la Maure, on ne punit pas la mort.

Ni Claire, ni Djénoun, personne n'aurait empêché Aménokal d'enfouir la takouba de ses aïeux avec eux tous qui ne sont plus. L'amoureuse de son père ne s'est pas effondrée. Peut-être n'y a-t-il plus place en elle pour un autre déchirement. Avant d'abandonner à la terre le corps de son amour, la jeune femme a frotté la cicatrice de son doigt, de sa bouche comme jamais elle n'avait osé. L'effacer de sa caresse avant qu'elle ne disparaisse. Elle en garde un goût de rouille salée bien plus que dans la gorge, mais elle a fini de pleurer. Elle se sent comme les roses de Jéricho, rabougries, elles tiennent dans leur recroquevillement une éternité. La tête bien accrochée à une racine pivotante qu'aucune tempête ne parvient à arracher, elles puisent dans une aridité leur beauté. Aït le lui a assuré, rien ne les empêche de continuer d'être ce qu'elles sont, une fleur. Qui continue de s'ouvrir. Au milieu des pierres qui font une famille,

Claire, non loin d'un puits, a laissé chaque jour quelques graines enlevées à d'autres roses et elle a fait d'un cimetière un jardin de fleurs toutes desséchées et immortelles.

Le désir parfois profite de son sommeil, il revient, elle dort, elle peut bien l'accepter. S'abandonner. Elle est une chaleur, en est accrue, *à cru*, d'y penser elle se réveille. Le plus difficile est la seconde où elle émerge ; en dormant elle pouvait ne pas savoir. Elle inspire, expire longuement, il faut se lever, ne pas traîner sous un drap ni ailleurs avec le malheur ou il l'étoufferait. Il y a des gestes mécaniques, de petites occupations. Il y a un jeune homme à aider à pousser droit et un vieil homme à veiller ce qu'il faut ; qu'il ne soit trop vite la prochaine pierre. Les heures jour après jour se succèdent, elle s'y laisse prendre et son cœur bat à bas bruit.

Elle est là encore la sensation singulière d'une étoile dans la bouche, Claire la mâche comme le poème d'Amrouche. Mon frère kabyle, l'appelait Aït, et il lui avait appris le *Cantique de l'étoile. Car tu es plus secrète, plus recouverte encore de voiles couleur de nuit, plus insaisissable que le fond d'une âme. Et pourtant je sais que tu es là. Mes bras et mes jambes sont autour de toi, ma bouche te respire. Le battement muet de tes feux invisibles c'est la pulsation régulière de mon cœur*. Ils ont eu un été. À rester sage tout le jour sous les peaux tendues de la zériba, et la leur trempée d'une chaleur avec une soif l'un de l'autre. À s'effleurer juste, l'excitation qu'ils en retiraient était un drôle de yoyo, lancée loin elle revenait toute seule. Des heures, la tête d'Aït reposait sur son index planté dans le sable, la jambe gauche en appui sur son genou droit, la température sous la tente augmentait, retenait la caresse qui ne s'apprend pas, et il n'y avait que joie à se cabrer. Puis ils se rendaient au puits, sa fraîcheur, Claire n'y aura pas retrouvé l'ineffable de son premier bain dans la guelta.

Ils dérangeaient des ouranes, les grands lézards gris zébrant la nuit d'un éclair lunaire. Elle devinait Issabaten inquiète et avide de leur venue, ils approchaient et la Maure s'éloignait, elle voulait alarmer Claire, pas alerter Aït. Ne rien dire, c'était dénier à la mère d'Aménokal sa présence, elle ne veut pas avoir de regrets.

À balayer ses pensées de la main elle en pousse quelques cramcrams, les petites boules hérissées de piquants qui s'accrochent à vos pas et rentrent sous la zériba. Il arrive qu'un moula-moula approche plus près sa petite tête blanche, elle s'est persuadée que c'est toujours le même. Pour en sourire. Claire continue d'emmener les chameaux s'abreuver, elle sait les entraver, ne s'arrête plus à leurs borborygmes et flatulences, mais elle n'a pas de chique à cracher dans leur gueule verdâtre, elle y viendra peut-être, et elle amusera Djénoun. Elle l'aurait déjà fait si elle avait eu le quat de la petite fille mâchouillant ses feuilles à Djibouti, tête embrumée. Elle ne pensait alors qu'à une chose, recommencer tout. Disparaître mais pour vivre.

Ce matin Djénoun attendait Claire au milieu des pierres, le cimetière en est devenu bavard, Akaraba n'avait pas fini de livrer ses secrets.

— J'ai quelque chose à te dire.
— Alors dis Djénoun.
— Tu es le portrait de ton père.
— Ne dis pas ça.
— Si. Tu vois ce caillou ? Il est dessous. C'est lui ton père. Nous, on l'appelait l'homme au bout de bois.

À leur arrivée à Akaraba, le militaire et sa femme étaient deux dans leur voiture. En en repartant le lendemain ils étaient quatre, avec le jeune Aït, inconscient, et elle plus petite qu'une graine de Jéricho. En voyant Claire, Djénoun avait d'emblée reconnu l'homme au bout de bois, compris oui qu'elle avait été fabriquée ici. Mais pas par Montclar.

Le militaire et sa femme avaient dormi dans la tente de Djénoun, content d'empocher un billet. Il y avait eu une dispute, la lune avait déjà entamé la nuit, Djénoun jouait aux dés sous la tente de l'homme au bout de bois, les deux se disaient des bouts de phrase comme ils faisaient, plaisantant du couple qui avait besoin d'aller loin pour faire ce qu'on fait partout, non ? Ils rigolaient, ils aimaient bien rigoler. Ils l'avaient trouvée pas mal la Blanche, un peu maigre mais encore jeune, et des cheveux comme Djénoun les préférait. Claire ne dit pas un mot, suspendue à ce qu'il a à lui révéler et qui va lentement, elle ne les trouve plus drôles ses blagues.

— Alors voilà. Tes parents, ils avaient dû se dire qu'il leur manquait de l'exotisme pour que ça marche. Il y en a qui en ont besoin, je le vois dans les treks et j'en vois d'autres… bon. Parfois, ça suffit pas l'exotisme, et on se disait l'homme au bout de bois et moi, que le militaire il devait pas être assez au garde-à-vous, si tu vois ce que je veux dire. On jouait aux dés et on commentait. On sent des choses nous les hommes, quand une femme elle sait plus comment faire, a besoin qu'on la détende, et qu'on l'aide quoi. Ça a pas manqué on l'a vue arriver tout énervée au milieu de nos dés. J'aurais bien aimé que ce soit moi qu'elle… enfin tu vois. Une autre fois avec une autre ce serait mon tour, ça m'allait. Je les ai laissés, ta mère et l'homme au bout de bois et j'ai été dormir dehors avec mes dés. Dormir… pas tant que ça, j'aimais pas trop savoir le militaire seul dans ma tente, il arrêtait pas de remuer, je savais qu'il était armé. Il y en a qui aiment que leur femme aille… mais ils regardent, là non. J'ai compris quand je t'ai vue. C'était pas pour la chose. L'enfant il fallait qu'il soit blanc.

Toutes ces années le mont Quamar aura retenu l'écho des paroles que sa mère aura tenté de dire à une petite fille « … Akaraba, c'est là-bas que… il faut que tu saches… ton père… » Le militaire avait fondu sur sa femme, la faire taire, personne ne devait savoir, ce qu'elle était pour lui sa fille, personne. L'enfant qu'il n'avait jamais eu, Claire le lui rappelait en permanence par sa présence, son impuissance à être père. L'homme qui n'arrivait pas à engendrer avait pourtant validé le ventre arrondi, y voyant un mal nécessaire à sa carrière, il se ferait passer pour le père. Seulement quand l'enfant était né, il lui en avait voulu de ne pas être sa fille.

Assez ! Claire ne le laissera plus dire un mot même dans sa tête.

Il y a sous ce caillou un homme doux. « Un comme nous », vient de lui dire Djénoun et il a planté son regard dans le sien, qu'elle sache qu'il dit vrai, qu'elle vient d'un qui n'est pas une tache noire dans son sang. Le colonel Montclar – et Claire ne l'appellera plus autrement – n'a pas réussi à aimer son enfant qu'elle aura été si peu. Il est un homme sans descendance, l'en aura rendu responsable, il a tout confondu. Ça a commencé ici quand ce qui aurait dû être des noces a été… n'importe quoi. Peut-être y avait-il de l'amour là-dedans, une femme qui veut donner à tout prix un enfant à son mari et lui qui laisse faire, ne le supporte pas. Comment l'aimer la petite fille née de leur erreur ? La voir et avoir sous les yeux le visage d'un autre.

Un jour certainement elle aura besoin d'inventer une histoire à l'homme au bout de bois, alors elle ressemblera un peu pourquoi pas à celle de Will. Ce serait bien l'esprit sauvage, des fragments de lumière, et on mâche une étoile.

Claire emmènera Aménokal dans la maison d'Hélène, elle prendra soin des roses. Les portraits d'Aït vont sortir d'un long sommeil, elle y veillera et sur le fils d'un jeune homme de papier qui continuera de grandir sans cicatrice. Aménokal lira le livre de son père, il comprendra beaucoup.

Ce qui est proche peut aussi être inaccessible. Aït est là trois mètres dessous et il lui souffle qu'elle est la femme d'une vie. La sienne maintenant. Elle tient entre ses mains *Akaraba*, les mots qu'il a écrits qu'elle n'a pas fini d'entendre *Et lorsqu'un autre devient pour nous unique, que l'on veut le garder, on se garde soi.*

À ma grand-mère et mon grand-père berbère,
à leur arrière-petit-fils.
Aux hivers dans le désert.

Ouvrage composé par
PCA 44400 Rezé

Imprimé en Espagne par:
BLACK PRINT
en février 2021

POCKET, 92 Avenue de France, 75013 Paris

S31090/01